合衆国再興 上

コロラド・スプリングス

AVRO LANCASTER

アブロ・ランカスター爆撃機(1941)

ランカスターB1スペシャル仕様

- ■全幅：31.09m
- ■全長：21.18m
- ■全高：6.10m
- ■自重：16,700kg
- ■全備重量：31,751kg
- ■エンジン：
  ロールスロイス"マーリンXX"
  液冷V型12気筒(1,640馬力)×4
- ■最高速度：462km/h
- ■上昇力：高度6,100mまで41分36秒、
  実用上昇限度7,470m
- ■航続距離：2,675km
- ■武装：7.7mm機銃×8
- ■爆弾：最大9,979kg
- ■乗員：7名

"私は、アメリカ人兵士と共に大戦を戦い抜いた兵士の一人として、ここにささやかな恩返しに来た。そして必要な義務を果たす。英国臣民として過ごせたことを誇りに思う。女王陛下に栄光あれ――"

Douglas Stuart, veteran of the Battle of Britain

AVRO LANCASTER

合衆国再興 上

コロラド・スプリングス

大石英司
Eiji Oishi

C★NOVELS

口絵・挿画・章扉・合衆国地図　安田忠幸
ＤＴＰ　ハンズ・ミケ
ＮＹ市街図　オレンジ社

合衆国再興　上　目次

主要登場人物

【エンジェルズ】

シロー・スズキ	12人の子供たちを養う元教師
ピット・ソレンセン	12人の子供たちのリーダー
ボギー	ピットの参謀役。細かいことに気が回る
ケリー	体がでかい、フットボール選手
ロバート	眼鏡の秀才。父は会計士
ビクトリア	クラシック音楽の才能がある
トレイシー	ロックの才能がある
カール	美術のセンスがある
ビットリオ	数学の才能がある
ジュリエット	特殊な能力を持つ
ケンイチ・ソノダ	日系の12歳
マルケス	ジャマイカ系
マリー	韓国系。最年少の８歳

【合衆国政府】

ロバート・スコット	合衆国国防長官
マシュー・フラナガン	合衆国大統領

【西アメリカ同盟】

トーマス・サカイ	行政府長官
ビリー・K・アッカーマン	統合軍最高司令官

【ボランティア・グループ】

ジョン・ボイド	“ニュージャージー・ホーム”エリア・チーフ
タレン・マグレア	“ニュージャージー・ホーム”メンバー
ニック・ウルジー	“マンハッタン・エイド”代表

【NATO軍】

ステファン・ユンカー少佐　　独機甲師団戦車大隊第三中隊隊長
ナタリー・クリッハム中佐　　英国陸軍よりNORADに派遣
ヘルムート・メッツェン中佐　　独国防軍よりNORADに派遣
ショーン・ハミルトン中佐　　英国空軍よりウイニペグに派遣
ダグラス・スチュワート中佐　　モスキート航法士
デビッド・モーガン少佐　　モスキート機長
ビクトリー・サザーランド中佐　　英空軍北米支援戦闘飛行隊隊長

【アメリカ陸軍感染症研究所（USAMRIID）＋疾病対策センター（CDC）】

ウォルガング・R・リンゼー大佐　　致死性細菌機動班（FAV）隊長
アイリーン・リー大尉　　致死性細菌機動班の新人。韓国系
ロナルド・マンキューソ捜査官　　FBIより派遣
草鹿樹二佐　　陸上自衛隊大宮化学学校より派遣
エリカ・ローランサン中佐　　ドイツ陸軍より派遣

【合衆国軍】

エリック・メックリンガー中佐　　陸軍第四歩兵師団Ａ（アルファ）中隊隊長
ブレッド・ノートン少佐　　海兵隊武力偵察（フォース・リーコン）部隊隊長
イーサン・ハメット大佐　　海兵隊NORAD守備部隊隊長
ハリー・マッコイ少佐　　国防長官付き事務担当副官
パンチョ・サントーニ軍曹　　国防長官付き副官
ドミトリー・バドチェンコ少将　　北米航空宇宙防衛司令部参謀長
コートニー・オーウェン大佐　　NORAD兵站部門
ジョーダン・スターライン大将　　NORAD宇宙軍
ベン・キャノン少将　　英国の北米支援戦闘飛行隊をサポート

PACIFIC OCEAN
CALIFORNIA
WAA
NEVADA
OREGON
WASHINGTON
UTAH
IDAHO
COLORADO
WYOMING
MONTANA
NEBRASKA
SOUTH DAKOTA
NORTH DAKOTA
WINNIPEG
IOWA
MINNESOTA
WISCONSIN
CHICAGO
MICHIGAN
CANADA
PENNSYLVANIA
NEW YORK
MONTREAL
NEW YORK
VERMONT
CONNECTICUT
RHODE ISLAND
NEW HAMPSHIRE
MASSACHUSETTS
MAINE

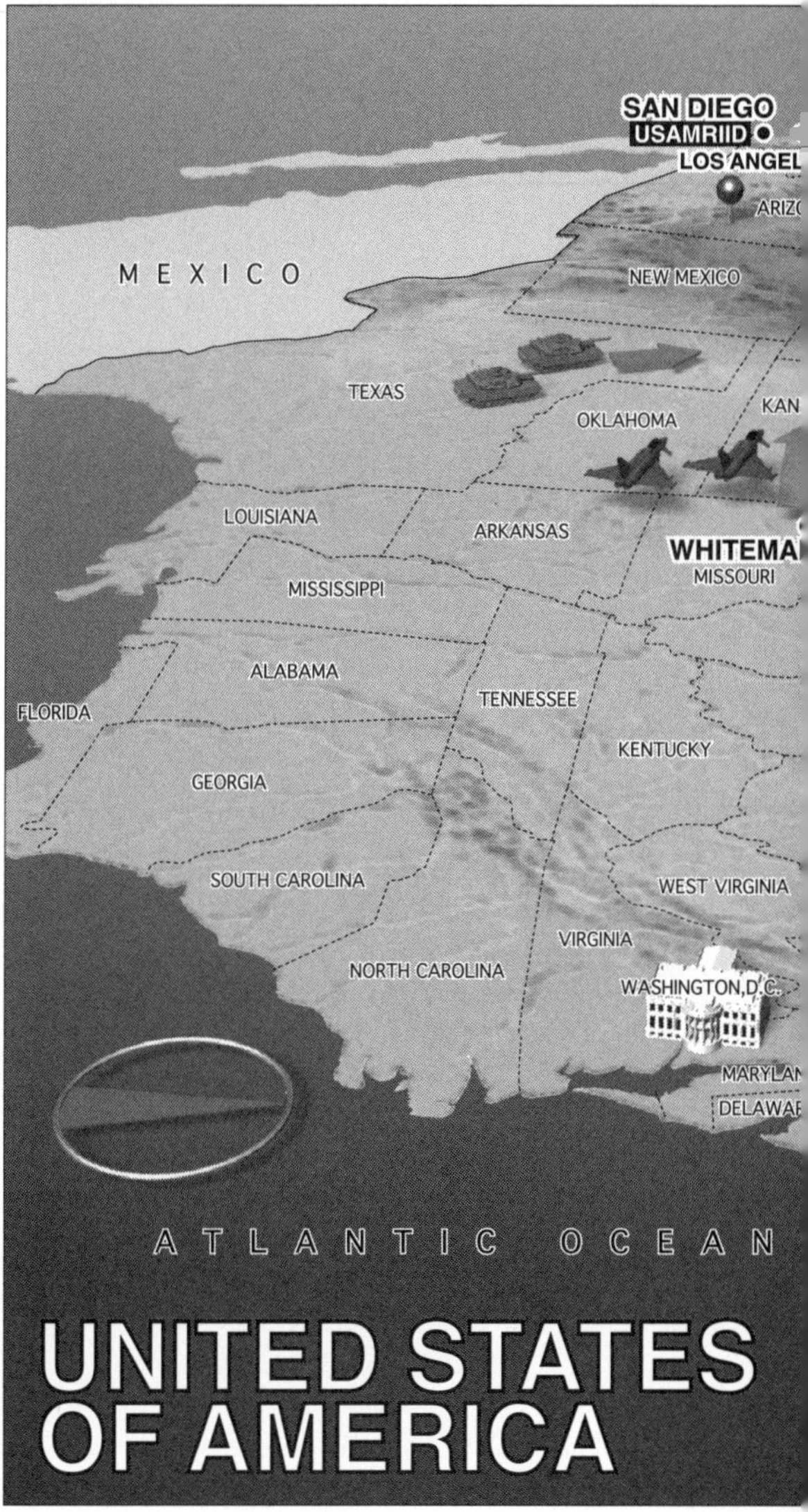
SAN DIEGO
USAMRIID
LOS ANGEL
ARIZ
MEXICO
NEW MEXICO
TEXAS
OKLAHOMA
KAN
LOUISIANA
ARKANSAS
WHITEMA
MISSOURI
MISSISSIPPI
ALABAMA
TENNESSEE
FLORIDA
KENTUCKY
GEORGIA
SOUTH CAROLINA
WEST VIRGINIA
VIRGINIA
NORTH CAROLINA
WASHINGTON,D.C.
MARYLAN
DELAWAR
ATLANTIC OCEAN
UNITED STATES
OF AMERICA

合衆国再興　上　コロラド・スプリングス

わが神、わが神、なぜわたしをお見捨てになったのですか——。

マタイ福音書二七章第四五節

PROLOGUE
プロローグ

血の臭いは何度嗅いでも駄目だなと思った。血の臭いは、銅の臭いだ。そう教えてくれたのは親父だった。風が吹くたび、それが強まったり弱まったりする。死体を焼く臭い、何かを燃やして暖を取る臭い。この数ヶ月で臭いに敏感になった。

コーラの匂い、炭酸が弾けるシュワーッという音や、バスケのボールがコンクリで跳ねる音が懐かしかった。ボールはあったが、一緒に遊ぶ仲間もいない。体力の無駄遣いにもなる。

ヒューと風が舞い、黄色いビニールテープの切れ端が地面を転がってゆく。英国軍が空からばらまいたフードパックの封をしていたビニールテープの残骸だった。わずかに生き残った子どもたちにとっては、良いオモチャになっていた。それを継ぎ接ぎしてカイトを作ったり、小さなテントを作ったりして遊んでいる。器用に紙風船を作って遊ぶ子もいた。

思えば奇跡的なことだった。ここニューヨークの爆心地で生き残っている。大人たちがバタバタと倒れ、死んでいく無法地帯で、子どもたちは生き延びていた。それも大勢。

ピット・ソレンセンは、どんよりと曇った空を仰ぎ見ると、声にならない声で「ああ……」と呻いた。

遠くから輸送機の爆音が聞こえる。イギリスからの援助機だ。セントラル・パークに作った滑走路を走りながら物資を投下し、タッチアンドゴーの要領で止まることなく飛び立っていく。爆音は遠く、ピットらにその援助物資が届くことは滅多になかった。

焼け落ちたピックアップ・トラックのホイールを背に座り込む中年の男は、血で染まった右手で、口に宛ったマスクを外した。そして、大きく深呼吸した。最後に吸う、新鮮な空気を肺胞いっぱいに満たした。マスク越しでなく、生で吸う空気は久しぶりだった。

「ちょっとしくじったな、ピット……」

シロー・スズキは、外したマスクを脇腹に宛い漏らした。

「仕方ないよ、先生。数が多すぎた……」

ピットは、俯きながら答えた。ふいの襲撃だった。逃げようがなかった。

「ああ、こういうミスは、二度とあっちゃならんぞ……。救援隊がそこまで入ったせいで、気の緩みが出たんだ」

「どうする？……」

「服を脱がせろ。何かと交換できる。死体は放り出しておけば良い。救援隊が見つけたら拾うだろう」

「ドクを呼んで来ようか？」

「やめろ。無駄だ。それにもしドクが賊に襲われたら、この辺りの医療活動は全滅する。ピット、これからはお前がリーダーだ。みんなをまとめて強く生きろ」

「無理だよ……」

「お前の父親は、生きていくための術を全てお前に教えたはずだ。お前は知恵を持っている。それで生き抜け。今日までそれで助かったんだ。ジュリエットを守ってやれ。彼女は特別だが、誰かが守ってやらなきゃならん。ピット……。そんな顔をするな。いつか日本のサムライの話をしただろう。サムライの家庭では、お前くらいの歳になると、儀式を受ける。髪型を変え、刀を与えられ、大人と同じ扱いを受けるようになる」

「それって、先生の話じゃ、前の前の世紀の出来事でしょう」

「数百年続いた伝統だ……」

スズキは、痛みを堪えてしばらく黙った。首にかけたネックレスを外し、ハートのロケットを開く。息子が三歳になった時、正装して写真館で撮った記念写真だった。その時、妻は二人目になる女の子を身ごもっていた。今はもう、三人ともこの世にはいなかった。

スズキは、わずか二センチ四方の写真を、血だらけの指で愛おしげに撫でた。

「ピット……、頼みがある。この疫病が治まって、自由に動けるようになったら、このロケットを俺が掘った家族の墓に埋めてくれ。スドウ神父を憶えているか？　何度か、学校に説教に来てくれた。これから彼の教会を訪ねるんだ。助けてもらえるだろう」

「あそこは遠いよ」

「大丈夫だ。お前たちなら行ける。ここより安全だ。ニューヨークに留まったのは失敗だった。結局、必要な援助は届かなかったからな」

足音がして、ピットが振り返った。一人一人の子どもたちが、おそるおそる近づき、瀕死の教師を取り囲んだ。

「駄目じゃないか、お前ら。ここはまだ危険だ……」

何人かは泣いていた。スズキは、一人一人の顔を見た。皆痩せこけ、子どもとは思えないほど陰気な顔つきだった。スズキは、残った最後の力を振り絞って、一人一人に語りかけた。

「ピットリオ、君は数学の才能がある。将来エンジニアになると良い。カール、君の絵にはセンスがあるが、美術で生計を立てるには、他のことも勉強しなきゃ駄目だぞ。ケリー、この疫病が治まったら、喰って喰って喰いまくれ。フットボールは体力勝負だ。だがこの時勢、図体がでかいだけじゃ、優秀な選手にはなれないぞ。頭も鍛えろ。ビクトリア、君がカーネギー・ホールで演奏するのを聞けなくなったが、必ず夢を実現してくれ。トレイシーと喧嘩するんじゃないぞ。トレイシーもだ。ロックにはロックの、クラッシックにはクラッシックの良さがある。どっちが先に音楽で身を立てるか見守っているよ。ロバート、勉強するには辛い時代だが、いつか光は射す。アメリカには、国を再生するリーダーが必要だ。君にはその資質がある。大学へ入る時には、有力者にハーバードへの推薦状を書いてもらうのを忘れるな。あそこは才能だけでは入れない。それと、もっと社交的になれ。笑い、怒れ。ジュリエット、自分の才能に怯えることはない。君のセンスが、このクラスを守って来たんだ」

「役に立たなかったわ。先生を救えなかった……」

「いや、そうじゃない。ジュリエット、君は今日まで立派に私たちを救ってきた。いずれ科学が進めば、その才能の秘密が解き明かされる日も来るだろう。神が授けてくれた特別な才能だ。大事に使うんだ。ボギー、君は細かいことによく気付く。ピットを参謀として支えてくれ。ケンイチ、日本人として誇りを持って生きろ。そして、両親が為し得なかった成功をここアメリカで摑め。マルケスもだ。ジャマイカ人としての誇りを忘れるな。ビクトリアに英語の読み書きを教えてもらうと良い。マリー、こっちにおいで。さあ怖くない」

一二人のエンジェルの中で一番幼い八歳の女の子を呼び寄せた。マリーは、怯えていた。がたがた震えていた。

「死んじゃうの？　先生……」

「ちょっと休むだけさ。マリー、君のことを神様にお願いしておくよ。いつも側にいてくれるように」

　マリーの、ごわごわした金髪を撫でた。長らくシャワーも浴びていないせいで、枝毛だらけでぱさついていた。

「ビクトリアに、髪をとかしてもらうと良い。春はもうそこまで来ている。こんな分厚い服を着る必要もなくなるだろう。春が来たら、パパとママのお墓を作ろうな。君は生きなきゃ駄目だぞ。みんなの言うことをよく聞いて頑張るんだ」

　スズキは、命を終える寸前の多幸感に見舞われた。身体がポカポカし、幸福な感じに一瞬捕らわれた。

「先生！……」

　ピットの声が遠くで聞こえた。子どもたちみんなの、自分を呼ぶ声が聞こえてくる。くぐもった感じの声だった。だが、答える気力はなかった。

　大学の二年で日本から渡米した。最初は、ほんの語学留学のつもりだった。ボランティアで始めた補助教員が面白く、そのままグリーンカードを取って公立学校の教師になった。職場で知り合った韓国人教師と結婚し、一男一女をもうけた。郊外のマンションに一部屋を買い、順風満帆な人生だった。

　季節が夏へ変わろうという時、バイオテロが起こった。犯人のロシア人女性科学者は、ワゴンに噴霧装置を搭載し、マンハッタン近辺を半日走り回った。天然痘の感染力と、エボラの致死率をミックスしたキメラ・ウイルスの感染は、爆発的だった。わずか半年で、アメリカは人口を半分以下に減らした。行政は麻痺、崩壊、ついには消滅し、人々はゲットーに立て籠もった。殺し合い、食糧を奪い合って冬をしのいだ。

　長男のマックスは、最初の感染者が出てからわずか二週間後に発病した。娘のアイは、それから四日後、妻は娘の最期を看取（みと）った直後、二二口径を額に当てて自殺した。悪夢のような数週間だった。夜になると、隣近所には自殺する銃声が木霊（こだま）していた。

銃をもってベランダに佇（たたず）み、いつ引き金を引こうかと思っている時に、ピットが現れた。子どもたちを連れていた。総勢一二名。皆、親兄弟を亡くしていた。頼る親族もおらず、教師たちの家を一軒一軒訪ね歩いた末だった。

ピットの父親とスズキは、学生時代からの付き合いだった。学生時代、予備士官訓練制度（ROTC）を取っていたため、卒業後はそのまま陸軍に入った。この危機が起こった途端、真っ先に感染地帯に派遣され、そこで罹患（りかん）、殉職した。妻が死ぬ一週間前のことだった。

義務感に目覚め、この子どもたちのために生きようと誓った。洗いざらいの家財道具や食糧を持って、誰もいなくなったブロンクスの学校へと向かい、そこで子どもたちとサバイバル生活を始めた。

幸運にも、この一二人は誰ひとり感染しなかった。そればかりか自分も感染しなかった。やがてそれはある力に守られているおかげだと信じるようになった。

一二人のエンジェルは、きっと生き延びるだろう。それが神の意志だ。自分はただ道しるべを示すために今日まで生き長らえた。その役割はもう終わったのだ。自分は解放され、次のステージへと旅立つ。

心残りはなかった。守るべき家族はすでに旅立ったあとで、涙もとうに涸（か）れ果てた。彼らは、この半年で驚くほど成長した。子どもたちに看取られて死を迎えられる自分はむしろ幸運だと思った。

スズキは、最後の力を振り絞って新鮮な空気を吸い込んだ。やがて全身から力が抜け、首が前へと傾(かたむ)いた。

　子どもたちは、しばらく呆然(ぼうぜん)とその場に立ちつくした。唯一の、最後の彼らの保護者が死んだのだった。やがて、ボギーが口を開いた。

「ピット、死後硬直が始まる前に、衣服を脱がせよう。遺体はボディバッグに入れて道路に出そう。明日も明後日もそこに置かれたままだと嫌だけどさ」

「そうだな。ケンイチ、日本の宗教では、お祈りはどうやるんだい？　だいたい先生の宗教って何だっけ？」

「そういう話はしたことない。でも、仏教というか……、日本人はお祈りする時には両手を合わせるんだ。こうやって……」

「あんたたち⁉――」

　ビクトリアが怒って怒鳴(どな)ると、マリーがすすり泣き始めた。

「先生が死んだってのに、服がどうのお祈りの仕方がどうのと！　静かにその死を悼(いた)もうという気にならないの⁉」

「ビクトリア、ヒステリーはよしてくれ。放っておいても、どこかの盗賊が現れて、亡骸(なきがら)を辱(はずかし)めてケツの穴まで丸裸にする。遺体を処置して早く逃げよう。騒ぎを聞きつけて他のグループがやってくるかもしれない」

「ジュリエットに……」

「言うな、トレイシー。そんなことが出来ればみんな生きている。俺たちはジュリエットを頼りすぎた。これからは、一二人みんなで力を合わせて生きていく。もう誰も頼れない。計画をしっかり立ててサバイバルしよう。心配するな。今日までもどうにかうまくやって来た。真冬の一番寒い時期も乗り切った。うまくいくさ。俺たちは感染しない。ちょっと栄養が足りないが。ケリー、ボディバッグを拾ってきてくれ。そこいらにあるものでいい。なければ、パラシュートの切れ端でも良い。ケンイチは、儀式の用意だ。よく知らないけど、日本風の。女の子たちは、一度キャンプに戻って出発準備してくれ。残りは、作業が終わるまで見張りに立ってくれ。ジュリエット、マリーの手を引いてくれ。さあ日暮れまで時間がないぞ。急げ急げ！」

ピットは、先生のブーツを脱がせた。もともとは、親父の形見だった。靴下を脱がせ、防寒着を脱がせ、ジーンズを脱がせた。女の子たちが戻って来る前に、遺体の処理を終えなければならない。

「ボギー、出発はいつが良いと思う？」

「ニューヨークからどうやって出るんだ……。隔離されて、川の向こうには民兵どものバリケードがあるんだぞ」

「抜け道はあるんだろう。そういう噂だし、賄賂が効かない相手はいない。ケンイチ、先生にはもう身寄りはなかったのかな……。誰かに、家族の墓の場所くらいは伝えてあげたいけど」

「さあ、ピットの方が詳しいんじゃないの？」

「いや、親父と先生は仲が良かったけど、俺にとっては、親父の友達の一人くらいに思っていたから。そういう話はしたことがないんだ。日本に帰れば助かったかもしれないのに、ケンイチもさ」

「パパが言ってたよ。フロリダに別荘を買うまでは絶対日本には帰らないって。最後には何とかニューヨークから脱出しようとしたけどね。もう手遅れだった」

救援物資を落としたあとのテントを割いて遺体をくるんだ。先生は栄養失調でガリガリだったが、それでも、子どもには重かった。男の子五人がかりで担ぎ、ボランティアの死体回収車が時々やってくる通りまで運んだ。先客がいて、遺体が三つ地面に置かれていた。一行は、その場でケンイチの教えに従って両手を合わせて黙禱（もくとう）したあと、肩を組んで早々に引き揚げた。みんな泣きたい気分だったが、堪えた。こういう時に備えて、先生は、自分がいなくなったあと、どう生き延びるかを教えてくれた。それを一つ一つ守るだけだった。

　仲間と肩を組んだまま、ピットは空を見上げた。渡り鳥が低く空を飛んでいる。夕暮れが近づいていた。

　彼らの希望の明かりがまたひとつ消えた夕方だった。

Chapter 1

マンハッタン

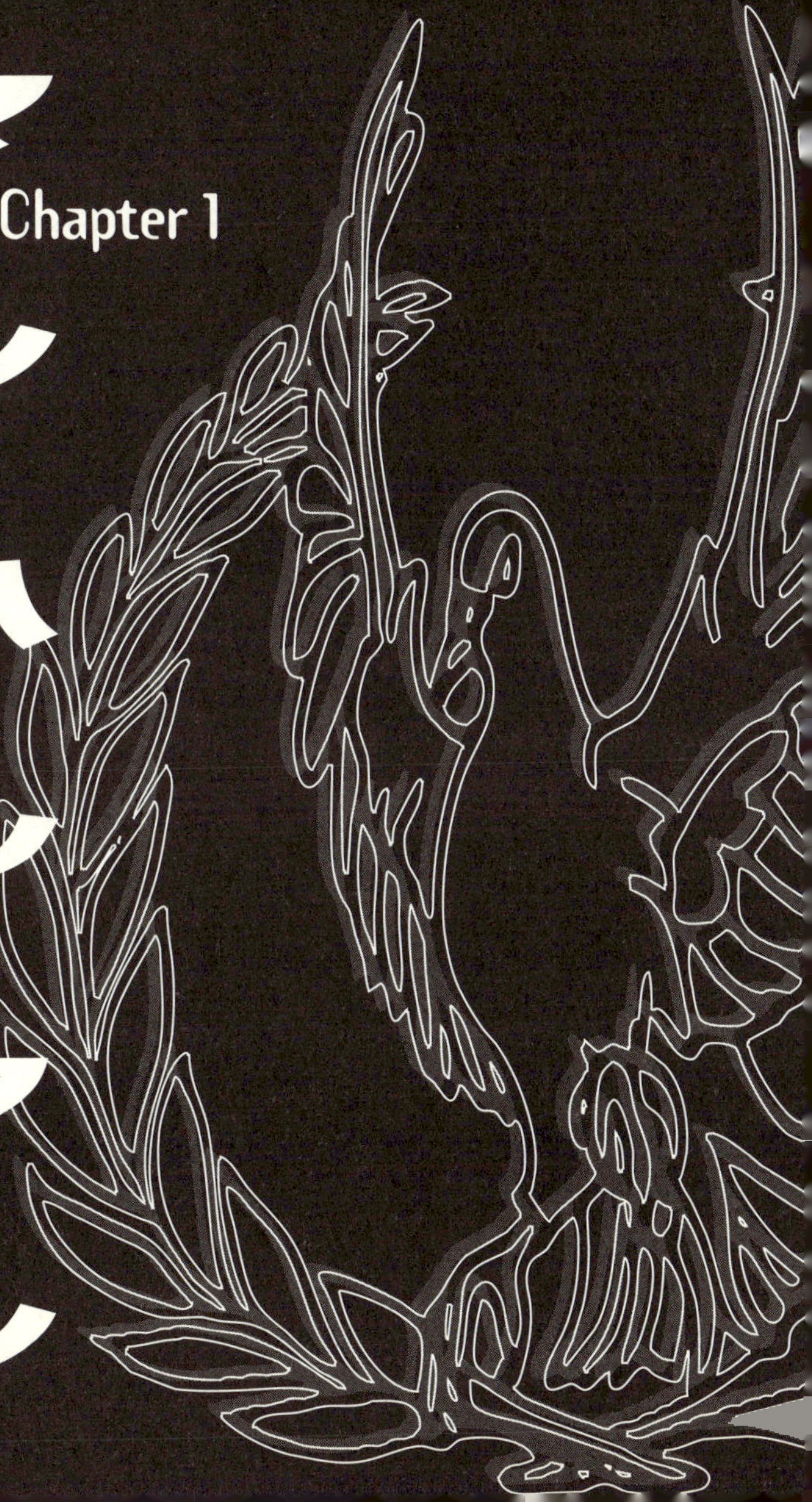

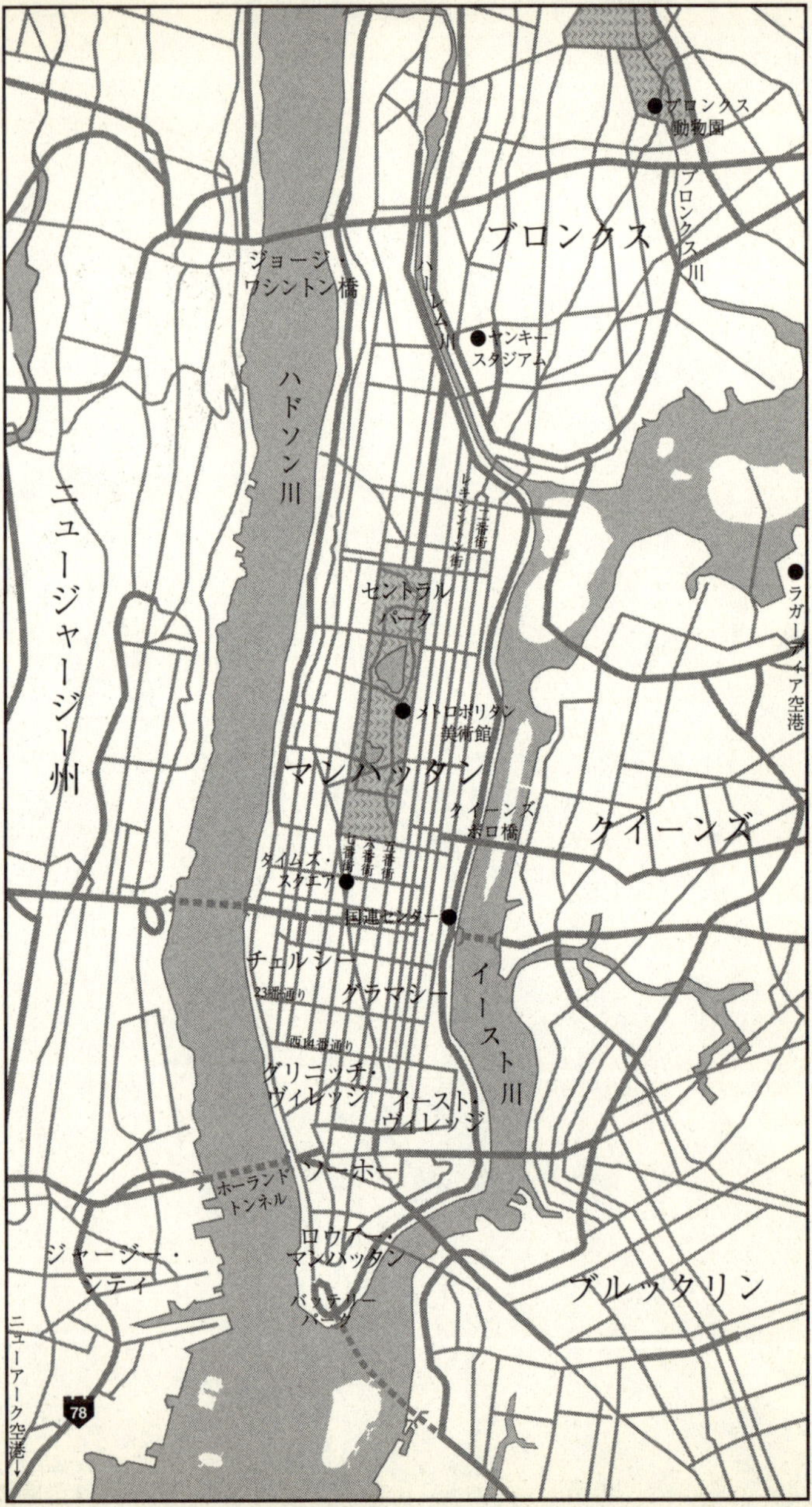
ブロンクス
動物園
ブロンクス川
ブロンクス
ジョージ・
ワシントン橋
ハーレム川
ヤンキー
スタジアム
ハドソン川
ニュージャージー州
レキシントン街
三番街
セントラル
パーク
ラガーディア空港
メトロポリタン
美術館
マンハッタン
クイーンズ
ボロ橋
クイーンズ
七番街
六番街
五番街
タイムズ・
スクエア
国連センター
チェルシー
23番通り
グラマシー
イースト川
西四番通り
グリニッチ・
ヴィレッジ
イースト・
ヴィレッジ
ソーホー
ホーランド
トンネル
ロウアー・
マンハッタン
ジャージー・
シティ
ブルックリン
バッテリー
パーク
ニューアーク空港
78

国防長官のロバート・スコットは、車椅子をちょっと引くと、彼自身が「唯一自分に生えている」と自嘲する右腕を肘かけに乗せて、体重をそちらへ移動した。

　コロラド州コロラド・スプリングス山中の北米航空宇宙防衛司令部の陰気な地下で、彼はもう半年を過ごしていた。その間、ラスベガスへ一度飛んだのを除いては陽の光を浴びたことはなかった。この半年間で変わったことと言えば、兵士の制服が夏服から冬服へと替わったこと。そして、ごく最近は、独立を宣言した西部諸州からの奇襲攻撃に備えて、戦闘服姿の兵士たちの姿が増えたことだった。

　コーヒーがなみなみと入ったマグカップを持つと「今日も変化なしか……」とスクリーンに顎をしゃくった。

　低い天井のブリーフィング・ルームは、陰気を絵に描いたような作りだった。装飾品は全くなく、壁は三〇年前の病院の病棟を思わせるクリーム色に塗られている。少しでも部屋を明るく感じさせる工夫だったが、まるで三色ペンで子どもが塗り絵をしたような安っぽい雰囲気を醸し出していた。

　スクリーンの中では、無人偵察機が速度を上げてセントラル・パーク上空を南から横切ろうとしていた。真下で時々発砲しているのがわかった。ろくな救援策もない政府が、スパイ機を出して監視だけはしっかり行っていることが気にくわない住民らが撃って来るのだ。

　画面の右下にロックフェラー・センターがちらりと映った。まるで鬱憤晴らしのように下から撃ってくる。皮肉なものだ。食糧は尽きているというのに、半年経っても弾はあり余るほどある。ここにいる連中は、弾か食糧かどちらか選べと言われたら、半分は武器を選ぶだろうとスコットは思った。

「中佐、これは何というか、まるで一ヶ月前と同じ状況だな……」

「遺憾ながらそう言わざるを得ません。われわれは準備不足だったし、迂闊でした。しかし、部隊は撤退したわけではありません。マニュアルを再編集し、準備を整えて再びニューヨークへの援助を再開します。それまでの間、英国軍が時間を稼いでくれれば……」

ドイツ国防軍を代表してNORADに派遣されているヘルムート・メッツェン中佐は、隣のイギリス人女性を見て言葉の最後を繋いだ。

「セントラル・パークの臨時滑走路にきちんと離着陸できるようになれば良いのですが、滑走路を維持するには、最低でも二個中隊を配備する必要があります。現状では――」

「聞いたよ、それは」スコットは、マグカップを持った右手で遮った。そして、「何度もね」と付け加えた。

英国は、ドイツと同様に陸上部隊も派遣してくれたが、ウイルスで兵士が倒れ、展開規模を縮小していた。郊外の隔離されたエリアで細々と食糧の炊き出しを行っているだけだった。ドイツ軍も、治安回復目的で機甲部隊をマンハッタンに上陸させたが、案の定一〇名単位の感染者を出し、いったん撤退を余儀なくされた。

英国陸軍から派遣されたナタリー・クリッツハム中佐は、閉じられたブックパソコンを開いて、「本国から報告が届いています」と冷静に応じた。滅多に感情を面に出すことのない女性だった。

「私たちは、西海岸で活動している日本や韓国その他の部隊と全く同じ防疫装備と手順で作戦に挑みました。マンハッタンでＮＡＴＯ軍の兵士を感染させたタイプは、これまで発見されたタイプで最も強力な耐性菌タイプです。感染力で言えば、西海岸で発生した薬剤耐性を持つタイプより遥かに強力で、専門家の意見では、その感染力は、エイズとインフルエンザほどの開きがあるそうです。簡易マスクや使い捨ての防毒服の類では防げません。完全なＮＢＣ防護服が必要です。それが揃うまでは、歩兵を入れるのは危険だと」

「不思議な話だ。ニューヨークの住民は、防護服すらないのに、感染を防げている。しかも彼らの栄養状態はＮＡＴＯ軍兵士に比べ、劣悪で免疫力も落ちているのに。なぜ彼らはかからない？　死なない？」

「それも、疑問に感じましたので訊いてみました。これは、専門家の想定ですが、ウイルスを体内に取り込んだ人間全員が発症するわけではありません。もともとの免疫力の高い人間は、発症せずに、逆に免疫力を高めて行きます。今、ニューヨークで生き延びている住民は、そうやって感染リスクにひっきりなしに晒され、少しずつ免疫を得ていったものと想定されているそうです。ただし、この集団も、全く感染リスクがないわけではありません。何より、このキメラ以外の感染症に冒されて、今もバタバタ死んでいます。インフルエンザや肺炎などで」

「投下する救援物資の量を劇的に増やす必要があるぞ。防護服が足りなければ、日本に援助を要請すれば良い。ドイツ製の防護服は世界一性能が良いんじゃないのか？」

「品質管理にコストを割けば、それだけ生産に時間を要します」

　メッツェン中佐が溜息を漏らしながら答えた。

彼らにとっても全くの見込み違いだった。予定通りなら、ここに陸海空からなるドイツ軍派遣将校チームがいて、今は忙しく連絡業務に従事しているはずだった。ところが、先遣隊が感染者を出してパニックに陥ったために、国論の強い反対で後退を余儀なくされた。戦車兵五名が感染し、五名とも死亡した。もっとも安全だと思われていた戦車兵の死亡には、メッツェン自身もショックを受けていた。

英国軍は、ニューヨーク近郊を遠巻きにしていた。独立した西部諸州を牽制するための空軍部隊を、合衆国中部に展開していた。

マンハッタンを飛ぶ無人偵察機は、右手にメトロポリタン美術館を見ながらセントラル・パークを北上した。かつて芝地だった所は掘り返され、臨時の墓地に変わっていた。そこを過ぎると、色とりどりのキャンプ・エリアになる。テントあり、掘っ立て小屋あり。暖を取るための焚き火の煙があちこちから上っている。

やっと地上からの銃撃が治まると、偵察機は高度を落とした。子どもたちがテントの間を駆け回り、その偵察機のあとを追ってくる。

胸が痛んだ。スコットは、この災難で息子を一人、孫を三人亡くした。だが、生き延びた家族は、妻と、三人の子ども、八人の孫全員が、カリブ海上の豪華クルーザーで、何不自由ない暮らしを続けていた。

スコットの顔が悲嘆に歪んだ。この辺りを飛ぶ時にはいつもそうだ。

「なぜ彼らは安全なエリアに脱出できない?」

「マンハッタン島と外を結ぶ全ての橋、トンネルの入り口は民兵が封鎖しています。感染者を島に封じ込めるために」

「せめて子どもたちだけでも外へ出せないのか?」

「外へ出してどうします？　十分な援助品は与えられない。あそこに留まることがベストではなくても、ベターです」

「陸上に補給ルートは必要だ。一本二本では話にならん」

「準備中です。ただし、マンハッタン島とニューヨーク市域の住民を外に出さずにルートを開拓するという話です。もし、強力なタイプの疾病（しっぺい）に感染した人間を外に出したら、またやっかいなことになります」

「物資を必要なだけ搬入できないのであれば、島の外に避難エリアを設けて住民を移動させるしかない。いくら彼らがニューヨークを守ると頑張っても、食糧もなしには餓死者を増やすだけだぞ」

「そう本国に伝えます」

「国民に良いニュースを伝えたい。二人とも。西部の連中は『解放』という言葉すら使っている。町が一つ安全宣言がなされる度に、彼らは『解放された』と高らかに宣言させる。たかが治安が回復された程度のことで。民兵と手を組んだおかげでロスアンゼルスやサンフランシスコなど西部の諸都市で治安が急速に回復し、大量の援助物資が陸揚げされるようになった。人々は西を目指す。ゴールドラッシュさながらだ。それに引き替え、東部は、ろくなニュースがない。未だに人々は、わずかの食糧を貯めては、数千キロ彼方の西海岸を目指して徒歩や自転車で旅に出ている。こんな馬鹿げたことは終わりにしなきゃならん。われわれは君たちにフリーハンドを与えているんだぞ。必要なら、民兵と交戦してかまわないと。期待に応えてくれ」

　無人偵察機が、再び高度を取って踵（きびす）を返した。アメリカ繁栄の象徴だったニューヨークでは、現在いかなる経済活動も行われてはいなかった。あるのは物々交換だけ。消費されるのは、住民同士、あるいは民兵同士での撃ち合いに使われる銃弾だけ。電力は、島の外から来るところには来ていたが、島内の変電施設は機能していなかった。水道は、辛うじて機能していた。食糧は偶に空から降ってくる。それだけが頼りだ。一五〇万人いた人口は、今では正確な数も摑めず、二〇万とも五万とも言われていた。島外へ脱出した者、疫病に倒れた者、理由は様々だが、脱出できなかった老若男女一〇万名前後が閉じ込められたことは事実だった。

メッツェン中佐には、スコット長官が珍しく焦っているように思われた。電球が間引きされた薄暗い地下道をナタリー・クリッハム中佐と歩きながら、「どうしてかな……」と漏らした。

地下道は冷たく、寒く、吐く息はすぐ白くなった。

「昨日、ロスアンゼルス市長が治安回復宣言を出したせいじゃないかしら？　私には、回復しているようには見えないけれど。このまま東部の人口が西へシフトし続けたら、西と東の人口格差は一〇倍くらいになるという噂ですから」

「それは困る。ドイツ製品の市場が消え失せる。イギリスの輸送力をもう少し回してもらえないか？　こっちはあっぷあっぷでね、正直、エリア防衛なんて無理だ」

「ロンドンに督促してみましょう。しかし、海上輸送の増強には時間がかかるし、航空機には、運べる量の期待ができない。それを了解して下さい」

「わかっている。うちの前線の連中がぶつぶつ言っているらしい。ウイルスの心配だけならまだしも、戦車に喰わす燃料もないと。挙げ句にその燃料を狙ってアメリカ人の民兵どもが隙を窺っている。夜だって、戦車は円陣を組んでいつでも発砲できる態勢でなきゃ休めない。イスラエル軍の占領地の方がまだ安全だと兵隊はぼやいている」

「ドイツ軍は、どこのルートを確保する予定なの？」

「ジョージ・ワシントン橋。ひとまずあそこをクリアにする。ニュージャージー側から戦車で制圧し、ドーザーで、橋上の遺棄車両を掃除し、橋の両端のセキュリティを維持して、物流を確保する予定だ」

「どの辺りでしたっけ？」

「マンハッタンの西を流れるハドソン川を河口から一〇マイルほど北上したところ。マンハッタン側ではブロンクスが近い。ヤンキースタジアムも。セントラル・パークからさらに北へ数マイルだな。マンハッタンとニュージャージーをつなぐ北の大動脈。君の方が詳しいんじゃないの？」

「イギリス人がアメリカのことなら何でも知っていると思うのは、旧大陸の偏見です。私は未だにニューヨークに行ったことがないわ」


ピットはビルの地下室の出口で、一人一人が背負う荷物を手分けして最終チェックした。

スズキと二二人の子どもたちは、民兵組織が学校を乗っ取ってから、ブロンクスの空きビルを転々としていた。

一階の覗き窓から差し込む星明かり程度でも、目が慣れればどうにか手元が見えた。

年長者は一〇キロ背負うことになっていた。水が入ったペットボトル。貯め込んだ乾パン。わずかな着替えに、ラジオに銃に、家族の形見。

「みんな、乾パンを一枚ずつで良いからシャツの下に隠しておけ。橋を抑えている連中は、賄賂次第でゲートを開けてくれるそうだから、俺たちがもっている半分の非常食を差し出す」

「それって多過ぎるんじゃないの？」

ビクトリアが言った。

「だって、半分と言ったって、このリュック二つ分だぞ。連中にとってはたいした量じゃない。最悪の場合は、身ぐるみ剝がされることも覚悟しなきゃならない。銃撃戦になったら、子どもの俺たちにはほとんど勝ち目はない。とにかく逃げるしかないだろう。万一に備えて、指揮系統を立てておいた。俺が死んだら、ボギー、ケリー、ロバート、ケンイチの順でチームを率いる。先生がいつも言っていたことを忘れるな。常に一歩二歩先を読む。状況に臨機応変に対応する。今のうちに、退路と、集合地点を何箇所か定めておこう。五箇所、さっきボギーと決めた。第一は――」

「来る……、何かが来るわ」

ジュリエットが呟くと、皆が一瞬動きを止めた。それぞれの背筋が凍り付く。

「急げ、出発だ！　みんな一列になれ、バックは、ケリーとマルケスが守る。ケリー、マリーの荷物を持ってやれ。マリーはトレイシーお姉ちゃんと一緒に来るんだ。足下を気を付けるんだぞ。転んでも良いから怪我しないようにな。ケリーはいざとなったら、マリーを抱えて逃げるんだぞ」

ピットは地図を丸めるとズボンの尻ポケットに押し込んだ。

人々はまだベッドの中にいる時刻だ。ニューヨークで生き延びた人々は、空き室となったアパートを占拠して住み込んでいた。通りごとには、民兵の歩哨が立っていることもあったが、真冬の夜はそれも減った。たとえ見つかっても子どもたちは、滅多に誰何されることもなかった。子どもが手に入れられる物資などたかが知れていると いうのが理由で、それを逆手に取り、制圧地域を跨(またが)るクーリエとして子どもを使う民兵集団もあった。

　ピットは頭の中で地図を思い描いた。親父と昔、オリエンテーリングに参加したことがあった。コンパスひとつ与えられ、他のチームと、赤い旗竿(はたざお)を目指して競った。「認識力の問題だ」。それが親父の口癖だった。地理を平面で見てはいけない。三次元のひとつの領域として認識する。そうすれば、コンパスがなくても自分が今どこにいるかを常に把握できる。問題は、自分がどこを目指しているかではなく、自分が今、どこにいるかを把握することだった。

「二ブロック走って、右へ。また右で一ブロック……」

「貸せ、ピット――」

　背後から、長身のビットリオがマップを抜き取って広げた。

「無駄だ……。このルートは。ここは、民兵の歩哨所から丸見えだから迂回(うかい)したんだろうが、うーん……、角度を計算すると、この五階建てのビルでぎりぎり視界が遮られる。壁沿いに走る必要があるが、ここと、ここを真っ直(す)ぐ結んで良い」

「サンクス、ビットリオ。最初からお前にルートを決めさせるんだった」

「次からはそれが良いかもな。俺、どうも奥ゆかしい性格だからさ」

「自分の命に関わることだぞ。エンジニアになる前に死んじゃもったいない。宇宙へ行くんだろう？」

「いずれね。その頃、シャトルを飛ばすパワーがこの国にあれば良いけどさ」

　ピットは、気を取り直すと、全員と目と目で合図し、一歩を踏み出した。一二人の少年少女の、未知への旅立ちだった。

　ドイツ第一四機甲師団第四〇機甲擲弾兵旅団第八四戦車大隊第三中隊を率いるステファン・ユンカー少佐は、ハドソン川を上ってきた霧に悩まされていた。視程は三〇〇メートル前後しかない。これではレオパルド2A5のご自慢の一二〇ミリ滑腔砲の使い道がなかった。

　ジョージ・ワシントン橋は、手前のトラス状橋脚は見えていたが、対岸のマンハッタン側の橋脚は、微かにトップが見えているだけだった。

　防毒マスク用のフィルターがいくつあっても足りないと思った。NBC防護が為された戦車は安全なはずだった。ところが、上陸して六日目には、最初の患者が発生した。その戦車に乗っていた全員が二日以内に発症し、手当の甲斐なく三日以内に息を引き取った。それを最初に治療した衛生兵も死んだ。

　臨終の場に立ち会うことは許されなかった。身体中の痘痕から激しく出血し、血溜まりの中で死んでいったという話だ。彼らを収容した野戦病院は、ガソリンをかけて焼却処分するしかなかった。

　それから彼らは、サラトガ・スーツに身を包んだ。全身をスーツで覆い、日に四度も洗浄作業を受け、マスクを外すのは、夜、陽圧テントのベッドで眠る時だけ。密閉した戦車の中にいる時ですら、マスクは外さなかった。

　毎朝出撃前には、整備兵が一時間をかけて車内を洗浄した。消毒液の臭いが充満し、活性炭フィルター越しでもその臭いで気分が悪くなった。

「本当に行くんですか?」

　砲手のアリ・チックラー上級軍曹が、車内から訊いた。

ユンカー少佐は車長席から身を乗り出し、「いきなり戦車でズドンはまずいだろうからな……」と答えた。

随伴する歩兵部隊を指揮するウイルヘルム・ヴィストリッツヒ少佐が、腰のピストル・ホルスターに右手を宛(あて)がいながら近寄り、戦車のキャタピラをこつこつ叩いた。

「こっちは準備良いぞ」

とユンカー少佐は即答した。

「装甲車で進むのか?」

「いや、まずは俺が歩いて突っ込むよ。センサーで見る限りでは、人影はないみたいだがな。逃げたあとじゃないのか?」

「ブービー・トラップくらいあるだろう。用心しないと」

「ああ、当然あるだろうな。手前のバリケードを突破したら装甲車で進撃するよ。上からぶち抜かないでくれよ」

「気を付けよう。何かあったら言ってくれ。上からぶち抜く」

「だから、それは良いって。対岸で会おう」

「そうしよう」

マンハッタンと、ニュージャージー州を結んでハドソン川にかかるジョージ・ワシントン橋は、合計一四車線も持つ巨大橋だが、上下二層構造になっている。大戦前に完成した橋には、一九六五年に下層部が増設された。

戦車部隊は下層部を、歩兵部隊は上層部を担当することになっていた。同時に進撃し、対岸のマンハッタン側で合流する。橋の長さは一〇六七メートル。

橋のニュージャージー側を守る民兵組織と、マンハッタン側を守る組織とは表向き付き合いはない。敵対しているというほどではなかったが、友好関係にあるわけでもなかった。

　こちら側を守る民兵の目的は、マンハッタンからの脱出者を阻止すること。周辺エリアより致死率の高いウイルスをばらまかれることを防ぐためだった。しかし、感染者を橋で封鎖すると言っても、実際にはザルの目をすり抜けるように通過する者もいた。民兵集団は統制の取れた軍隊ほど機能せず、抜け道がいくらもあるのが実状だった。

　逆に、マンハッタン側の民兵の目的は、この橋を経由して運び込まれる援助物資を掠め取ることだった。表向きは、組織力のある彼らが島内での分配を手伝うということになっていたが、その実、彼らが援助物資の大半を私物化し、勝手に物々交換していた。

　ユンカー少佐は、サラトガ・スーツの上から、防弾ベストを着込んだ。G36アサルト・ライフルの銃口に白いハンカチーフを巻いた。そして、出発前に、長い闘いに備えてマスクのフィルターを交換した。

「アリ、ウォーキートーキーをくれ」

「もし何かあったらぶっ放して良いんですか？」

「俺が死んだらな。それを確認するのが先だぞ。一〇〇メートルあとを付いてこい。ジークフリートより各車、これより、歩兵部隊と連携して前進する。ヤンセン大尉はここを守れ。私に何かあっても無茶はするな」

　少佐は、戦車を飛び降りると、白旗を巻いた銃を肩に担ぎ、ゆっくりと歩き始めた。橋の上は、遺棄された自家用車で埋まっていた。車はどれも見事に丸焦げだった。民兵たちが、車両の進入をコントロールするためにわざと障害物を置き、焼いたのだ。通れないわけではない。だが、この一キロを渡る車両は、徒歩並みのスピードしか出せないはずだった。

両岸からそれぞれ二〇〇メートル前後の路上はそういう障害物で埋まっている。そこに民兵の補給施設も寝床もあった。そこで三〇名前後の武装兵が寝泊まりしているはずだった。

事前の偵察ヘリの写真によると、綺麗（きれい）に掃除してあるのは、橋の中央部のほんの五〇〇メートルだけだった。

少佐が担ぐ銃からは、マガジンが抜いてあった。それが向こうからわかるような角度で担いでいた。

人の気配はなく、冷たい風が吹いている。ここは、住み込むには良い所だと思った。排泄物は下へ落とせば良い。地面は舗装されているから整地する必要もない。風除けさえ工夫すれば、キャンプ地としてはなかなかよくできていた。

道の真ん中を歩くと、「地獄の門（ヘルズ・ゲート）」とペイントされた鉄柵があった。

「地獄と死とは彼の恐れにあらず、よってわが命の限り神をたたえん……」

少佐は、銃を傍（かたわ）らに置いて、その鉄柵を抱えて脇にどけた。民兵らは八トン・トラックの移動に備えていたため、障害物のためにくねくねと曲げられつつも戦車が通るだけの幅の車道は確保されていた。

「故郷よ、喜びをもって私たちは見よう……」

少佐は歌劇タンホイザーの一節を口ずさみながらさらに前へ進む。そこで、背後の戦車部隊から呼びかけられた。

「ジークフリート、こちら01。姿が見えなくなった。このまま追跡して良いか？」

「ああ、人影はない。ドーザー車を出して障害物を排除しろ」

「良いんですか？　そんなことしたらマンハッタン側から逃げようと、車で突っ込んでくる連中がいるかもしれない」

「そんな燃料がこの島に残っているとは思えないな」

上から、マルダーA3歩兵装甲車のキャタピラ音が響いてきた。少佐は、スクラップ・カーを三台ずつ積み上げてS字状に作られた障害路を歩いた。一〇〇メートルほど抜けた所で、民兵たちのキャンプ・エリアに出た。テントやバラックではなく、ちゃんとした大型のキャンピング・カーが四台停められている。一台一台ノックして歩いたが、反応はなかった。やはり、夜霧に紛れて脱出したらしかった。

ウォーキートーキーで、上層部を行くヴィストリッヒ少佐を呼んだ。

「そっちはどうだ？　こっちはもぬけの殻だ。人がいる気配はない」

「うーん……。こちらも同様だな。こっち側は無人だ。さらに前進しよう」

マンハッタン側の橋脚が霧の中に沈んでいた。反対側のバリケードは白く煙って全く見えない。
少佐は、また道の真ん中をてくてくと歩き始めた。所々、タイヤや錆びた自転車が転がっていたが、車両の障害となるようなものはなかった。

ピットは、ジョージ・ワシントン橋で門番をする民兵の前に歩み出た。暖を取るための炎が、ドラム缶の中でメラメラと燃えている。こんな暖かさを感じるのは久しぶりだった。

相手は、消防隊が被るような大きなマスクをしていた。フィルターが目詰まりしているのか、息をする度にゼーゼー雑音がする。これを被ったまま寝ているとしたら相当無神経な男だろうとピットは思った。

顔がよく見えないために、年齢すらほとんどわからない。

「で、ここを出てどうすんだ?」

男は、ピットが差し出した貢ぎ物をマグライトの明かりでチェックしながら尋ねた。

「わかんない。もし行く当てがなかったら、また帰ってくることになると思う」

「それはお前らの勝手だが、これっぽっちの手数料じゃな。ここは通れても、あっちのゲートじゃ何を差し出すんだ? そこまで考えているのか? 俺たちはウイルスに汚染されている可能性があるからな、あっちはここより通行料が高いぞ」

「まあ、丸め込む自信はあるよ。これまでも何とかそれでやって来た」

「よし、こいつは半分だけもらうよ。残りは取っておいて、向こう側の連中に賄賂として渡せ。その代わり、もしこっちへ帰ってくることがあったら、煙草を仕入れてこい。二カートンで、ここを全員通してやる。他のものは要らない」

「わかったミスター。約束するよ」

「坊主——、俺の名は、スネークだ。スネーク・プリスキンと呼びな。マンハッタンの支配者だ」

男は、マスクの中でウインクした。

「ありがとうよ、スネーク」

一行は、ゲートの隙間を一人ずつ潜った。大人なら、そうおいそれとは通せなかったが、子どもは何かと役に立つ。そういう算段だった。

一二人の少年少女らは、見上げるような高さに積み上げられた廃車の間を縫って歩いた。

全然前が見えない。夜はほとんど明けていたが、濃い霧のせいだ。彼らが得意とする時間帯だった。大人たちがまだ活動を始める前、町へ散って、食糧や水を探してくる。その時間帯だけ開いている物々交換所で商売したりもした。

「こっちには喰い物が溢れているという噂がある

けど本当かな？」

　大喰らいのケリーが後ろから呟いた。

「まさか。そんなものがあれば、みんな賄賂を渡して島を脱出しているだろうし、あっち側の連中だって、ほいほい受け入れやしないだろう。先生はそう言っていたじゃないか。俺は信じないね」

「論理的に考えればさ、人口密度の問題だよね。ニューヨークの人口密度は高いから、ここに援助物資を集中する意味はある。でもその外周は、早い内に人々が避難しただろうから、ここに物資をばらまいても効果は薄い。援助物資が届かないとなると、それが拍車をかけて、乗数効果で人はまた外へ出て行く。そういうことでしょう。数学的に考えればそういうことだと思うよ」

　理系のビットリオが得意げに説明した。

「地震だ……」

　ケンイチがそう言って、突然立ち止まった。

「おい、ここはカリフォルニアと違って岩盤の上だ。地震はない」

「何か来るわ⁉……」

　トレイシーも気付いた。確かに橋は揺れていた。だが、それは地震とは明らかに違う響きだった。

　突然、頭上で鐘が鳴らされた。手回し式のサイレンも鳴り始める。一行は、その廃車の山の下に蹲(うずくま)った。

「戦車だ⁉……」

　ピットにもわかった。だが、聞き慣れた米軍のエイブラムスじゃない。ドイツ軍だ。

「どうする？　引き返すか？」

　ピットは、その場に身を屈(かが)めながらボギーに訊いた。

「引き返しても仕方ない。荷物は半分くれてやったから、俺たちは明後日には飢えるぞ。それに、ここに戦車が来たってことは、向こうの民兵集団は逃げ出したあとだろう。うまくいけば、その戦車集団に助けてもらえるかもしれない。連中が、こっちまで渡るつもりならだけどさ」

「じゃあ、こっちから近づく必要があるぞ」

「そういうことだよね。行くしかない。戦車がぶっ放したら、こんな瓦礫の山なんかひとたまりもないと思うけどさ」

マリーが酷く怯えていた。両手で膝を抱えて蹲っていた。

「ケリー、マリーをおんぶしろ」

「よし来た。ケンイチ、御免。俺の荷物を持ってくれ」

「みんな左右に気を付けろ。このボロボロの廃車の山が震動で崩れてくるかもしれない」

そのうち、男たちの怒号が響いてきた。前の方で発砲が始まった。銃撃戦に巻き込まれるのは初めてじゃなかったが、こんなに大人数じゃピンチだった。

ユンカー少佐は、発砲音を聞いた瞬間、チッと舌打ちしながら地面に伏せて転がった。この霧じゃ、せっかくの白旗も見えないのか。仕方なくアサルト・ライフルにマガジンを装着し、一、二発威嚇射撃した。

だが、向こうはその一〇倍の数の弾で反撃して来た。まったく、食糧も医薬品もないというのに、こいつらと来たら鉄砲の弾だけはふんだんにある。

側溝部分に避難すると、真横に来たレオパルトが急停止した。正面装甲に銃弾が命中して跳ねていた。

「中隊長殿⁉　撃って良いですか？」

「空砲を撃て、空砲を！」

そういうと、少佐は両手で両耳を押さえた。ほんの一〇秒後には、一二〇ミリ砲が火を噴いた。空砲とはいえ、欄干を揺らすほどの衝撃音だった。一瞬身体が宙に浮いた。前方に止まっていたキャンピング・カーの窓が、衝撃波で粉みじんに飛散するのがわかった。

少佐は、戦車の背後に回って砲塔に駆け上り、車長席に収まった。酷い視界だった。まだ対岸のバリケードは見えない。だが、人が蠢いているのはわかった。

突然、白煙を引いてロケット弾が向かってくる。真横わずかに逸れ、地面に命中した。しかも不発だった。

「砲手は、センターラインより左一〇度を狙え。MP弾装填後発射!」

「了解、センターラインより左一〇度を狙う……。撃て——ッ!」

乗組員の肉体をミンチにするかのような発射音が轟くと、白く濁った霧の彼方で爆発が起こった。オレンジ色の炎に包まれた火球の中から、焼けこげた自家用車が数台空中に舞い上がり、海面へと落ちていった。

続いて、瓦礫が雨あられと橋の上に落ちてくる。バンパーからタイヤから、数百の破片が橋の上に舞い落ちた。

「ゴミ溜に砲弾を撃ち込むようなものだな。よし前進するぞ!」

七・六二ミリ同軸機銃が散発的に火を噴いた。民兵は、上の道路でも交戦している様子だった。その隙に一気に陸地まで攻め込んで制圧すれば良いと思った。砲身を水平にしながら威嚇前進する。霧が晴れ、主砲をぶち込んだバリケードの残骸が見えてくる。動く物影があった。また警告射撃しようとしたが、様子が変だった。一見して女の子とわかる姿があった。

「なんだ⁉　こいつら……」

「ゆっくり減速して止まれ！」

　バリケードに突っ込むほんの五〇メートル手前で少佐は部隊を停め、戦車から飛び降りた。そして、「へい、キッズ！」と呼びかけた。

　子どもたちは、破片を避けながら、目いっぱい道路の端っこに寄って小走りに走ってくる。少年らの背後から発砲音が追いかけてきた。

「君らの後ろに民間人はいるか⁉」

「いや、民兵だけだよ⁉」

「良し、みんな。もう安心だ。ここで止まって、しばらく耳を塞ぐんだ。両手で、力いっぱい耳を塞げ！」

　少佐は自らその仕草をして見せた。そして、少女を背負う少年の背後から、女の子の耳を両手で塞ぎ、二両の戦車に向かって「やれ！」と視線で合図した。レオパルド二両が再び発砲する。凄まじい轟音に、女の子がキャーと悲鳴を上げた。敵が再び沈黙する。少佐は、隊長車を手前に突っ込ませて、銃撃の盾になるよう命じ、後続車には、とにかく前進して対岸を制圧するよう命じた。

　地響きを立てて、戦車が続々と脇をすり抜けてゆく。その地響きが橋の上の埃を舞い上がらせる。

　ユンカー少佐は驚いた。少年少女らは、驚くほど粗末なマスクしかしていない。とても効果がありそうには思えなかった。しかし、痘痕のある子どももまた一人もいない。子どもたちが怯えているので、少佐は隊長車のエンジンを切らせた。

「大丈夫か？　怪我している子はいないか？」

　あまりのショックで、女の子のほとんどは泣いていた。男の子は、すげぇや……と、戦車を見上げていた。

「大人はどうした？　君たちだけか？」

「一応、俺たちだけです。レオパルドの２Ａ５だね。やっぱり4とは全然違うね。特に砲塔部分の前面装甲が」

ピットは、感心するように喋った。

「なんでそんなこと知っているの？」

「親父が陸軍だった。ここは、俺たちだけです。身寄りはいません」

「どこへ行くんだ？　こんな危険な所を通って」

「西へ向かいます。面倒見てくれていた学校の先生が昨日いざこざに巻き込まれて死んだもので、その人の知り合いの教会を訪ねるんです」

「近いのか？」

「二日もあればたどり着ける。それとも、ドイツ軍に保護してもらえますか？」

「ああ……、それがだな。われわれはここから人を外に出しちゃいけないことになっているんだ。君たちも含めてな。ほら、ここのウイルスはやたら強力だろう。それを外に出すなということなんだ。なんで君らはウイルスに殺られていない。小父さんらはこんな厚化粧しているのに」

「うんとね……。よくわからないけど、僕らはかからないんだよ。このマスクも本当はただの飾りなんだ。他人に見られていない時は外している。それで、僕らはどうなるの？　行かせてくれないかな。あっち側の民兵に食糧の半分を渡してここを通してもらったんだ。このまま行く権利がある」

ピットの言葉に続けて、

「あの……、合衆国市民の私権の制限は、あなた達ＮＡＴＯ軍には出来ないと思うんですが？　そんな法律ありましたっけ？」

成績優秀者だったロバートが眼鏡を押し上げながら喋った。

「いや、それは……。子どものくせに難しいことを言うな。本当に君たちだけで歩き通すつもりなのか？　この先だってずっと民兵らが跋扈しているんだぞ」

「子どもはたいしたもの持っちゃいない。だから襲われる心配も大人ほどじゃない」

　ピットが答えた。

　子どもたちの有り様を見たユンカー少佐にとって、事実上、選択の余地はないといってよかった。

　状況は戦闘中で、彼らに構っている暇はない。従軍ジャーナリストがビデオカメラを廻しているから、ここで無理に補導して泣き喚かれるシーンが全世界に流れても困る。ピアーズ・グラハムの死以来、世界はこと子どもの惨状報道に敏感だった。

　第一、今、彼らを再びマンハッタン島に押し返しても、すぐ援助物資を届けられるわけではない。かと言って、防疫体制を確立して避難民を安全にどこかへ誘導できるような状況にもない。子どもだけでここまで生きてきた彼らを目の当たりにすると、もし生き延びるチャンスがあるなら、彼らの生命力にかけてみるしかなさそうだと思った。

　少佐は車上を見上げて「おい、喰い物と水をあるだけよこせ！」と命じた。

「隊長、それやっちゃ駄目だって、命じたのあなたですよ？」

「あとで夢見の悪い思いをしたくはないだろう。良いから、さっさとよこせ！」

　水のペットボトル、食糧として乾パンやチョコレートが、わずかだが車内に置いてあった。

　少佐は、チョコレートを一枚割って、一番小さな女の子にあげた。胸が痛んだ。国に残した娘とちょうど同じ年頃だ。なのに、この娘には、もう頼るべき家族はいないのだ。

「君たちに何かグループ名はあるのか？」

「先生は、〝エンジェルズ〟と呼んでいたよ。気恥ずかしいから止めてくれって頼んだけど。俺はピット」

「そうか、ピット。私は、ステファン・ユンカー少佐だ。対岸に私の部下が陣取っているから、君らに検疫をして通すよう命令しておく。ただし内緒だぞ、君らはこの混乱の隙を衝いて逃げたんだ。ひとつ頼みがある。もしこの災難が終わってどこかに落ち着いたら、ドイツ大使館に連絡してくれ。自分たちは無事生き延びたと、朗報をくれ」

　後半は腰をかがめて小声でささやいた。

「いいよ。でも少佐、通してもらうのになんだけど、この程度のことで熱くなってちゃ、この島の中じゃやっていけないぜ」

「忠告をありがとう。俺たちも頑張るよ」

　子どもらは、食糧や水をザックにしまった。銃撃戦はまだ続いていたが、遠くの銃撃音には慣れっこな様子だった。

　子どもたちは、不気味な格好の兵士らに手を振りながら、一列に並んで、また橋の端に寄って歩き始めた。顔は汚れ、髪はパサパサで見すぼらしい身なりだが、まるでピクニックにでも出かけそうな様子だった。

　ユンカー少佐は戦車に戻り、背後の部隊に、少年らが行くから型どおりの検疫を行い、こっそり通してやれと命じた。できれば水と食糧も与えて。

「故郷よ、喜びをもって私たちは見よう。美しい草原に喜んで挨拶をおくろう。旅の杖（つえ）に休息を与えよう……」

　神の祝福が、この一二使徒に与えられんことを祈った。

ぼくたちの戦争

Chapter 2

ラスベガスは、聖地だった。砂漠の中に孤立していたため、ウイルスの侵入を阻止できた。そこにアジア諸国からの一大救援基地が築かれた。都合二〇本の臨時滑走路を利用して、西半球に展開するありとあらゆる航空機が、昼夜を分かたず離発着していた。

ここに届く膨大（ぼうだい）な物資を巡（めぐ）って、何度か民兵の襲撃を受けたが、持ち堪（こた）えた。そして、カリブ海に避難していた上下両院議員の半数を迎えて西部諸州の独立を宣言するに至った。

その国の名は、西アメリカ同盟（ウェスト・アメリカン・アライアンス）（ＷＡＡ）と言った。連邦（フェデレーション）も、国家（ネーション）も名乗らなかった。あくまでも暫定（ざんてい）的な同盟で、いつか事態が正常化すれば、合衆国という一つの国家に戻る意思を示したのだった。

独立は、議員たちの本意ではなかった。しかし、カリフォルニアの各所で大都市を支配し、食糧をめぐって戦闘行為を繰り広げていた民兵集団同士が和平を結ぶため、ほとんど唯一の条件として掲げたのが、東部からの完全な独立だった。食糧を求めて東部域から殺到する避難民をシャットアウトするためには、それが不可欠だと求めたのだった。

しかし実際には、その効果はさほど多くはなかった。今となっては国境線を築く優先度も低くなっていた。真冬に移動する避難民の数は限られていたし、何より、大都市での治安が回復されつつあるために、補給物資がどんどん内陸部へと流れるようになった。

東部から来た住民は、感染リスクの低いカナダ国境沿いに、自転車や荷車を引いて移動した。数千キロもの苦難に満ちた避難路で、多くの避難民が寒さや食糧不足に倒れた。ストックホルムを本部とするボランティア団体がルートを支えていたが、凍てついた道路沿いに死体の山が出来ていた。

組織だった民兵はWAAの指揮下に組み込まれたが、弱小の、それこそ家族単位からコミュニティ規模に至るまで、略奪集団は今も無数に存在した。彼らを完全に黙らせることは不可能だったが、幹線は抑えていたし、何より港への荷揚げがスムーズになった。今では、補給の中心は、空路のここラスベガスから西海岸の海路、ロングビーチに移りつつあった。

ＷＡＡの新政権が居をかまえるストリップのシーザース・パレスは、フォーコーナーと呼ばれるラスベガスの一等地、最も目立つ場所にあった。今でこそ、他の新しくモダンなホテルにトップホテルの地位を譲ったが、ローマのコロッシアムを模した建物は一際異彩と威容を誇っていた。

政府は、かつて数々のヘビー級ボクシングの名勝負が催されたその巨大アリーナ、コロッシアムの舞台に設けられていた。見晴らしが良く、大勢が陣取れる。中央には円卓が置かれ、WAAの代表に収まったハワイ州選出上院議員のエレノア・キムが陣取っていた。彼女はそこを「リング」と呼んでいた。必要があれば、ラウド・スピーカーを自ら手に持ち命令を下していた。

そのリングを囲むようにして通信機やモニターが置かれている。ざっと四〇〇名が、観客席まで埋めていた。

巨大扇風機があちこちに置かれ、ブーンと低い唸りを上げている。

キムは、ピンク色のスーツを着て、デスクに就いていた。それが彼女の勝負服だった。右手に受話器、左手にペンを持ち、唾を飛ばしながら何事かを熱心に話し込んでいた。

WAA独立前は、西部行政府長官としてラスベガスに君臨していたトーマス・サカイがラフな格好で現れ、彼女から椅子ひとつおいて座り、電話が終わるのを待った。サカイは半袖のシャツ姿だった。

彼の地位は、引き続き行政府の長官職だった。日本政府とのパイプ役としても働いていた。

サカイは、寒さにちょっと震えながら、頭上からぶら下がる立方体の四面のスクリーンを見上げた。ホテル・ベネチアンの、支援本部の模様が映されていた。そこは主に、アジア各国から届く物資とボランティアや国連部隊関係を仕切っていた。ロングビーチに補給の比重が移って、やっと殺人的な忙しさから解放された。他にも、軍の指揮所が入るMGMグランド、ラスベガス市庁舎、そしてサカイのオフィスがスイッチ一つで映し出されるようになっていた。

エレノアがやっと受話器を置いた。

「テキサスのブレンダ・カッターからよ。そっちに加わりたいと言ってるんだけど……」

「そいつは難しいな。もしテキサスをWAAに加えるとなると、カリブ海に展開する海軍の艦隊と一戦やらかす必要が出てくるだろう。まずはテキサス州内の意思統一が先だ」

「そう伝えたわ。援助できると思う?」

「もちろん。アリゾナはこっちだし、ニューメキシコは、テキサスがこっちへ転ぶなら、すぐWAAに加盟することを表明している。ニューメキシコはまだ軍が抑えているが」

「アッカーマン将軍はいざとなれば進軍できると言っているわ」

「バカバカしい……。同胞で殺し合って血を流すような問題じゃない。それに、彼はニューメキシコに残存する兵力の捕獲に興味があるのであって、民衆のことを考えているわけじゃない。本音としては、コロラド州に押し入って、国防長官の核システムを乗っ取りたいんだろう」

「だって、核のボタンはフラナガン大統領が持っているんでしょう？　意味ないじゃない。NORADを抑えたところで」

「それが、意味あるらしいんだ。詳しくは知らないけどね。それでも、今頃はとうにNORADのシステムは、核発射のシステムから分離されていると思うけどね。ここは異様に寒いな。この前、私が顔を出した時よりまたエアコンが増えているぞ」

「サーバーを冷やすためだそうよ。ここがボトムになるからどうしても冷たい空気が溜まるみたい。煩いから離したいんだけれど、LANケーブルがないのよ。あなた、日本政府に催促してもらえるかしら？」

「たかがコンピュータを結ぶケーブル一本ないのかい？　嘆かわしいね。半年、生産活動が止まった間に、人々は略奪に走り、ガレージに使い道もわからん略奪品を貯め込んだ。平和が戻ったら、そこいら中でのみの市が立つぞ」

「一本じゃなく、たぶん業務用の五〇メートルはあるタイプが数百本は必要なはずよ」

「わかった。その手のオタクな話は、タケオが詳しい。彼に依頼すると良い。見かけによらず使えるだろう」

「そりゃ日本人は仕事はきっちりこなすことが誇りですから。ここだけの話――」

「そう。ここだけの話だ」

　エレノアには、日本人の血が四分の一流れていた。お互いマイノリティとして一通りの辛酸は舐めてきた。そういう部分での同胞意識はあった。

「あんな若い青年が、ここ数ヶ月、毎日数百トンもの支援物資を捌いてきたかと思うと信じられないわ。だって彼、まだ学生なんでしょう?」

「らしいな。何年留年したかは知らないが。まだ就職前という話だったから」

「あなたの周りには変な日本人ばかりいるのね。たとえば、あの特殊部隊の中佐。社交辞令の一つも言わない。あの人も家庭では笑うことがあるのかしら?」

「いや、恐妻家で家では震えているそうだ。世間話はこのくらいにして、そろそろ次のステップに乗り出さねばならない。〝フェニックス計画〟を各州で始動する時期に来たと思う。今夕の閣議ではそれを提案したい」

「準備万端?」

「装備は整った。あとは、各州に送り込む隊員の覚悟の問題だ。決して安全じゃないし、いざ感染しても、ここほどの医療は受けられない」

「燃料の確保、電力の確保、食糧の配給。問題は山積み。相当量の物資を内陸部へ移送するコストは膨大よ。また山賊の跋扈を招くことになるわ」

「これ以上は彼らも待てないだろう。西海岸一帯は援助物資に埋もれかけているんだ。われわれは内陸部へそれを送り届ける義務がある。東部の連中をそれで揺さぶることもできるはずだ。手始めにワイオミングとサウスダコダ。飛び地になっているカンザスへもなんとか送り込みたい」

「それはちょっと欲張りじゃないの? 最初は一箇所で様子を見て、うまくいったら次を考えましょう」

「春になって気温が上がれば、またウイルスが暴れ出す。その前に都市機能を回復させる必要があるんだ。無理は承知だよ」

「各州に派遣するチームの責任者の目処はついている?」

「すでに選任済みで、その州出身の議員との顔合わせも済んだ。この州に出して、あそこはあと回しという話になると、あと回しにされる議員のご機嫌を損ねることになるだろう。まさか有力議員の州からというわけにもいかない」

「あとで、考えましょう。何かアイディアはあって？」

「いや、私が最高責任者の頃は、そういうところまで自分でケアしたんだがね、今は君の仕事だ。せいぜい知恵を出してくれ。こっちは雑用を抱えて目が回る忙しさだ」

「いいでしょう。考えておくわ。いくらお飾りの代表でも、その程度の雑務はこなします。それにしても意地悪ね」

「そんなことはない。しかし私が決めると、それはそれで、私が院政を布いているみたいに誤解されるじゃないか。それはそれで嫌だろう？」

エレノアは渋々という形で頷いた。彼の言う通りだった。代表として嫌われ役をこなすのも仕事のうちだった。

フェニックス計画は、崩壊した各州の行政組織を立て直すためのプロジェクトだった。西部域へ脱出して来た、その州の出身者からボランティアを募り、仕事のアウトラインを一週間で叩き込んで派遣する。まだウイルスが猛威をふるっていて、しかも現地では医療システムが崩壊しているせいで、彼ら彼女らの安全はほとんど保証できなかった。事前のシミュレーションでは、下を見ても二割強が感染し、そのうちの八割は死亡すると結果が出ていた。

早速、カミカゼ・チームのあだ名が奉られた。

エンジェルズが目指す教会は、ペンシルベニア州のイースタンという小さな町にあった。ニュージャージー州をルート78沿いに西へと走り、デラウェア川を渡ってペンシルベニア州に入る。距離にしてマンハッタンから二〇〇キロもない。車ならほんの二時間少々だった。

ピットは、この距離を二日で歩ききるつもりだった。そうしないと、三日の行程では疲れが出てくる。休息を取れないことはなかったが、そうすると食糧が心細くなる。もし神父と会えなかった時に備えて、できれば、引き返す間の食糧くらいは取っていたかった。

ハドソン川を渡ってから完全に陽が昇ったが、人々と出会う機会はほとんどなかった。ニュージャージーの人口は八〇〇万で、うち白人が八割も占めている。ニューヨークのベッドタウンだが、今ではもぬけの殻だった。

数学が得意なビットリオが、あれこれ計算して見せた。

「東部の人口の減り方は西部より酷いから、仮に三分の一になったとして、二百数十万生き残ったとする。そのうちのたぶん三分の二は北か南のルートを使って西へと脱出しただろうから、ここに残ったのは一〇〇万人に及ばない。その一〇〇万人が、俺たちが通るルート沿いに暮らしている蓋然性とこの時間帯に外でうろちょろしている必然性を考えると、俺たちがすれ違う可能性のある住民は、一〇名かそこいらだろう。昼間になっても、たぶん一〇〇人を超えるかどうかだろうな」

「野良犬の方が多いことにはがっかりするよな……」

こっちへ渡って初めて野良犬を見た瞬間には、みんな落胆した。それは、この辺りには人はもういないということを意味していたからだ。警備用に無理して犬を飼い慣らしている連中はニューヨークには多かったが、逆に野良犬は全くいなかった。野良猫すらいない。貴重な蛋白源として真っ先に捕獲の対象となったからだ。

ウイルスが蔓延し始めた頃、軒先に繋いだ飼い犬が姿を消す事件が相次いだ。しばらくすると、隣近所の住人の血色が良くなる。隣人同士が証拠もなしに銃撃戦に発展することなどざらだった。

住宅街の中を二列になって歩く。ピットは、マリーの歩調に合わせるために、マリーを自分の後ろにつかせた。しょっちゅう背後を振り返っては、野良犬の数を数えた。

「マリー、何も怖がることはない。犬ってのは、相手が自分より強いとわかると決して襲ってこない」

「ああ、その通りだ。こちらが逃げさえしなければ犬は追ってこない。日本では子どもにそう教えるらしいよ」

一番後ろを歩くケンイチが声をかけた。

そう安全でないことは、ピットにはわかっていた。奴らは人間の腐肉を喰って今日まで生き延びてきた。人肉の味を知っている。こちらが弱れば、群れで襲ってくるだろう。今でこそ、牧羊犬や雑種の類しかいないが、いずれ軍用犬のペットも姿を現すはずだ。彼らは、チームとして狩りを教え込まれている。ピットはマリーに大丈夫だと言いつつも、ブッシュマスターをかまえた。M-16を短くしたようなスタイルの銃で、かつてワシントンDCを震え上がらせた連続狙撃事件で使用された。子どもに扱わせるために小型化したわけではなかったが、スズキ先生は、亡くなった学校出入りの教材会社の重役からこの銃を譲り受けた。

実際に人を殺したことはなかったが、威嚇で撃ったことはあった。ピットは、父親が生きていた頃、ガン・スクールで実銃を撃った経験がある。

親父の分解掃除を手伝ったこともあり、銃の扱いには自信があった。だが、スズキ先生が生きている時には、事故の元だと滅多に触らせてくれなかった。

実際、銃を担ぐ羽目になっても、ただ重たいだけで、大人たちがなんでこんなものを持ちたがるのかよくわからなかった。そのうち、暇を見て射撃訓練もしなきゃと思った。ブッシュマスターの他に、ピストルも持ち歩いていた。

アメリカ人は変な連中だと先生は笑っていた。ホームパーティで初めて会った時、ピットの母親から日本人とアメリカ人の違いを訊かれ、彼はこう言った。

「もし、今ここに大地震が来たらどうするか？日本人は、まずこの火を止め、預金通帳と印鑑を持って家を飛び出す。だがアメリカ人は、銃に弾を込めて立て籠もる」

印鑑がどういう代物かを説明するのに苦労していたっけ。

こと武装するという行為において、アメリカ人は、少々、ファナティックでエキセントリックになると先生は言っていた。

一時間おきに休憩を挟み、夕方まで歩いたが、目にした住民はほんの十数名だった。ほとんどは、遠巻きに眺めるだけで、誰も声をかけてはくれなかった。ただ一人、自転車に乗ってこっちに走ってきた青年がいた。ガリガリに痩せていた。こちらがろくなマスクもしていないことにびっくりしていた。

非武装で、ボランティア組織に所属していることを示す蛍光イエローのベストを羽織っていた。

彼によると、この辺りに食糧の配給所はなく、一〇マイル先の隣の補給所へ移動途中だとのことだった。付近の地図のコピーをもらった。水を補

Angels

給できる湖の位置が記してあった。

　夕方が近づいていたので、寝泊まり出来そうな場所を訊いた。一軒のスーパーマーケットを教えてもらった。しばらく住民らが固まって立て籠もっていたので、ベッドや、暖を取る炉端も作ってあるとのことだった。扉も修復してあって、野犬から身を守れるだろう点が特にポイントらしかった。

　変な旅だった。後ろにとぼとぼとついてくる野良犬は二〇頭近くに増えていた。彼らよりも犬たちの方がちょっと元気かもしれなかった。ボランティアの青年からは、時々、野犬狩りの住民がやってくるので注意しろと念押しされたが結局現れなかった。

「なあピット、野犬だから、喰っても良いよな……」

　ケリーが後ろから呼びかけた。

「馬鹿なこと言わないでよ。ペットを食べるなんて……」

　ビクトリアが窘める。

「俺たちには蛋白源が必要だ。ニューヨークじゃほとんど摂ることは出来なかった。明日も丸一日歩かなきゃならないんだぞ。乾パンだけでどうする。一人でも倒れたら、その場で身動きとれなくなる」

「私は反対よ。それだけ。食べたきゃ勝手に皮剝いて食べて下さい」

　一時間歩いて、教えられたスーパーマーケットにたどり着いた。すぐ裏手に工業用水の水路が造ってあり、水の便が良かった。

　正面側のショーウインドーは全部割られていたが、トタン板で継ぎ接ぎして覆われていた。入り口の向こう側に、竈があるのが見えた。キャンピング用の竈にスモーク精製機だ。辺りを一周し、野犬に注意しながら戸板を一枚外して中に入った。天井付近の明かり取り用の窓は無事だったので、結構内部も明るかった。

驚いたことに、奥にベッドが並べてあった。

「ベッドだ！　ベッドがあるぞ……」

テーブルもあった。商品がもぬけの殻となった陳列棚は壁際に整理され、中央にはテーブルと椅子がいくつか置いてあった。蠟燭も立てられたままだ。

「昨日までここで人が暮らしていたみたいだ」

「ケリー、マルケス。入り口を見張っててくれ」

テーブルの上に、ノートが一冊置いてあった。ロバートがそれを手にとってパラパラと捲ってみた。

「ああ、なるほど……。最後の頁にこうある。残念ながら食糧が尽きる。野犬も喰い尽くした。補給は来ないし、われわれは持てるだけの装備と保存食を持って西へ出発する。神のご加護があらんことを――。ご近所で、ここに立て籠もったらしいな。最後の日付は一ヶ月前だ。無事にたどり着いたかな……」

「おい、見ろよ！　カートがあるぞ。ショッピングカートが」

ボギーが叫んだ。

ショッピングカートが五つ奥に並べてあった。サバイバル生活の必需品と言って良い。彼らも小さなものは持っていたが、移動の邪魔になるからと、ニューヨークに置いてきた。それより大型のものだ。

「これなら、マリーひとりくらい横に寝たまま移動できる。バケツもあるから、水汲みは心配ない。トイレはどうかな。水を流すだけで使えるんなら、ありがたいけど」

「よし、みんな事務所や倉庫にも回って、使えるものがないかどうかチェックしてくれ。五分後集合だ」

ピットは、燻製機まである……、と胸のうちで漏らした。これは何かの思し召しに違いない。

ジュリエットを、「ちょっと来てくれ」と、その燻製機の側に呼んだ。そして小声で話した。

「ジュリエット、これは神の教えに反することかな？」

「私に訊かないで頂戴。牛を神聖なものとする民族もいる。犬を民族料理として食べてきた民族もいる。あるものなら、私は食べるわ。拒否する必要はないと本能が告げている」

「そう。そりゃあ助かる」

ジュリエットは相当に無理をして答えたが、今は、装うしかない。みんなが生き延びるのが何より大事なことだとジュリエットは思った。

完全に暗くなる前に、食糧の準備を整える必要があった。ピットは、皆が発見した物を確認し終えると、すぐ作業を分担した。女の子はベッドメイキング。男の半分は水汲み、残りは、獲物の確保と、火種集めだ。

ピットは、ケリーにブッシュマスターを一挺渡すと、弾を一発だけ込めた。どうせチャンスは一回しかない。

隙間から外を窺うと、雑多な犬が駐車場に屯していた。一番近い所で、ほんの五メートル程まで来ている。中にはドーベルマンもいた。

「遠くは狙わず、近い奴を撃とう、俺とケリーで一頭ずつ。そこそこ大きく、毛深くない奴にしよう。皮を剝がすの面倒だからな」

両耳にハンカチを突っ込んだ。

「俺は、その灰色のまだらを撃つよ。頭を狙うんだ。引き金を引く時にはためらうな。一気に引かないと弾が詰まる」

「わかった、俺はクリーム色の耳が垂れた奴。あれを撃つ」

「よし、君がカウントダウンしろ。俺も同時に撃つから。他の犬は一瞬怯んで逃げるだろうが、すぐ、戻ってきて、獲物を横取りしようとするだろう。当たったら急いで回収しに行こう」

店の入り口には、ご丁寧に血抜き作業のためのフックも用意してあった。

二メートルほど離れた場所に椅子を置き、その上で足場を確保してから狙いを付けた。ケリーが慣れない仕草で狙いを付けるが、心配はなかった。運動神経は抜群だ。奴なら未経験でも一発で当てるだろう。

「三、二、一……」

ゼロのコールの代わりにほぼ同時に二発の銃声が店内に木霊した。二頭の犬が鳴き声も発せずにその場に倒れると、周りにいた他の野犬が一斉に散り散りになった。彼らの本能にも、銃声が危険の兆候であることが刷り込まれているのだ。ドーベルマンすら逃げ出した。二人は、その銃を置き、急いで外へ出ると、獲物を引きずって中へと戻った。

銃痕から血がダラダラと溢れ出るが、体温が冷え切る前に血抜きする必要があった。後ろ足にロープを結び、三人がかりで引っ張り上げて血抜きのためのフックに引っかける。下に鮮魚用のトレーを置いて、バケツ代わりにした。ご丁寧に、作業用のビニール手袋まで用意してあった。

「薪はどのくらいある？」

「暖を取るには、中にあるだけで十分だが、料理用にはちょっと少ないな。鍋もある。外に、切ったままの丸太があった。あれを裂けるかどうか試してみよう」

ボギーが言った。駐車場の端っこに、銀杏の木を倒して丸太が組みあげられていた。

　木を見るなんて久しぶりだった。ニューヨークにはもともと自然が少なかったが、唯一豊かな森だったセントラル・パークも、今では丸裸だった。それはもう見事なまでに丸裸になっていた。アフリカで砂漠化の原因を作った、燃料にするための灌木の伐採が、ここでも起こっていた。幹線道路はもとより、郊外の住宅街でも、並木は存在しなかった。どれも根本から切断されていた。終いには、栄養になるとでも思ったのか、根っこが掘り返されている木々まであった。

「犬が帰ってくる前に、そいつを運び込もう」

　銃を持って警戒しながら、ショッピングカートを押して外へ出た。一メートルほどの高さに、丸太が数十本組まれている。乾かしてから薪として利用するつもりだったのだろう。ピットは、またもがっかりした。こんな利用価値のあるものが放置されているということは、ここには本当にもう人は住んでいないということだ。

　店内に引き返すと、もう血の臭いが籠もっていた。女の子がブツブツ文句を言っていた。

「薪は足りたから、あとは、水だな」

「ポリタンクも見つけた。人手さえあれば、もう一往復くらいで料理に必要な分は手に入る。お湯を沸かす必要はあるけど」

「女性を代表してお願いします」

　トレイシーが右手を挙げた。

「バスタブが事務所に置いてあったわ。それに石鹸を見つけたの。洗濯用の石鹸だけど。髪を洗いたいわ。身体も拭きたいし。水汲みもう三往復リクエストします」

「薪は足りるかな?」

　とピットはボギーに訊いた。

「暖を取るための薪だ。上に鍋を置いておく分には同じだろう。最後に身体拭いたのは、たぶん一〇日くらい前だ。そのくらいの贅沢(ぜいたく)はあって良いよな。賛成する」

ピットは、天窓を見上げた。もうだいぶ暗くなっている。松明(たいまつ)を準備した方が良いだろうと思った。川は、五〇センチの深さもなかったが、夜だって野犬はいる。炎は武器になった。どこから持ってきたのか、松の木が数本置いてあった。やっと松明用だと気付いた。なぜかてっぺんにタイヤの切れ端が釘で打ち付けてあったのだ。

「とにかく、竈に火を入れよう。もうだいぶ寒くなってきた。最初の鍋を温めてくれ。調味料とかなかったの？」

「あったわ。なんでこんな便利なものを誰も盗もうとしなかったのか、これでスープを作れる。ただし、犬の肉はなしよ」

「その話はあとにしてくれ。じゃあ、女の子は、火も頼むよ。俺たちは水を汲んでくる。ケンイチとケリーは警備のためここに残ってくれ」

松明に、ライターで火を点(つ)ける。イギリスからの救援物資として送られた使い捨てライターだった。容器に、「希望を捨てるな、我々はアメリカ人と共にいる」とペイントされている。共にいると言われたところで、イギリス人なんざ見たこともなかったが。

松明はなかなかよく燃えた。ゴムが溶けて木にまとわりつき、長い時間燃える。臭いが強烈だったが、そのくらいは我慢しよう。ついでに、その煙にはダイオキシンがたっぷりと含有されているはずだったが……。

「あの犬、どうやって捌くの？」

「俺、行けるよ。父親は狩りが趣味で、仕留めた鹿を自分で捌いて燻製にし、ソーセージとかよく作っていた」

成績優秀者のロバートがこともなげに言った。

「本当？　そんな話は初耳だぞ。ロバートの親父さんは、公認会計士なんだろう？　そんなお堅い仕事で……」

「うん。親父は気分転換だとか言って、子どもを引っ張り回したけどさ、いつかはこのサバイバル技術がお前を助ける日が来る！　とか真顔で言うんだぜ。母さんは、そんな性格が嫌で別れたと言ってたよ。家庭にとっちゃ、父親は、給料運んでくれるだけで良い。週末の度に迷彩服着て、猟犬連れて狩りに行くのは止してくれっていつも言ってたから」

「それで、お前は、親父への反発でガリ勉するようになったの？」

「違う。景気が良い頃は、養育費もちゃんと支払われてた。だから私立へも行けた。私立の学力なんて、どこも似たようなもんだよ。エンロン破綻で躓いてしばらくだったたな。養育費が滞り始めたのは」

水路沿いに河原のようなものはなかったが、水面に降りるための鎖が結んであった。二人が降りて、バケツで水をすくい、ポリタンクに入れ替える。

「あのさ、ケンイチとケリーがいないけど、今のうちに、意思統一しておきたいんだ」

松明を一本持つボギーが真面目な口調で言った。

「ここの環境は、ひょっとしたらニューヨークで俺たちが渡り歩いたどこよりも住み良いかもしれない。水はあるし、まだ薪にするだけの木々もあちこちある。女の子たちにとっては、たぶん最高に住み良いと思う。ここで二泊くらいなら休憩しても良いと、みんなも思っているはずだ」

「実は、俺もそれを考えていた」

ボギーが言った。するとマルケスも、ビットリオも、下で水を汲むカールとロバートも頷いた。

「どうする？　冷静になって考えたいが」

　ピットは全員の顔を見渡した。

「食糧が問題になるだろうな。あの野犬たちだって、毎日狩られるとわかればあっという間にいなくなるだろう。ここに居着くというのは、ちょっと無理があると思う。ニューヨークの場合はさ、直接の救援は届かなくても、どこかに届いた物資が、一応は流通していたからな。どうしたもんかな？」

　ボギーは、自らは結論は下さなかった。

「僕は反対だ。論理的に考えれば、ここは初志貫徹すべきだ。もし目的地にたどり着いて、神父がもういないとか死んでいたとかいう理由で引き返すしかなければ、いったん、ここに戻って、二、三日留まるくらいのことは良いと思う。でも居座れるような所じゃないだろう。水があっても食糧がなければさ」

　論理派のビットリオが答えを出してくれた。

「誰か居座ることに賛成の者は？……。いない？　じゃあ、女子に対しては、そういう意思統一でかかろう」

「収穫はあったさ。あの巨大なカートを手に入れただけでも、ここには神様がいたってことだよ。病人が出たらどうしようと俺は気になっていたんだ。俺たちの体力は、誰かをおぶって移動できるような状況じゃないからな」

　ボギーが明るく言った。

「明日から、重たい荷物はあれにぶち込んで移動しよう。賊に襲撃された時に備えて、非常用品は、これまでと同様だけど。テントくらいぶち込んで良いだろう。鍋や手回しラジオも。そう言えば、この辺りでもボイス・オブ・マンハッタンは入るかな。あのドイツ軍の戦車部隊がどうなったか気になる。あとでラジオを聞こう」

　それから三往復して、バスタブ四杯分程度の水を運んだ。血抜きが終わった二頭の犬を、薄明かりの中でロバートが捌くのを男たちは息を潜めて見守った。皮を剝ぐのが一苦労だった。子どもたちにとってはまるでホラービデオの世界だ。

「痩せてても、一応、肉は付いているよな……」

　もう一頭を、マルケスとケンイチで片づける。こういう時、有色人種は貧乏くじを引かされるから嫌だと二人の顔に描いてあった。

「ケンイチ、犬って、いつもはどうやって料理すんの？」

「ああ、ボギー……。黙っていたけどさ、言っとくよ。日本人は犬は喰わない。犬の民族料理があるのはお隣の韓国。ま、中国人も、脚が四本あれば、椅子とテーブル以外は何でも喰うそうだけど」

　ロバートが、淡々とナイフで捌いてゆく。

「このあと、内臓を取り出すんだが、なるべく傷つけないようにしてくれ。大腸菌とかうようよいるし、腸はあとで洗ってソーセージに使うから」

「いやぁ、ロバート、そこまでやる必要はないんじゃないの？　この脚の肉だけで十分でしょう」

「全部使わなきゃもったいないじゃない。それに、燻製用のオークのチップまでここには置いてあるんだぜ。内臓は放っておいてくれ。俺が処理するから。あばらとかの肉を使ってソーセージを作るよ」

「じゃあ、こっちは俺がやる」

　ピットが、ナイフを持って名乗り出た。それがリーダーとしての役目だ。最初に沸いたお湯をバスタブに使うか料理で使うかで、女子陣営とちょっとした鞘当てがあった。結局、肉の回収に時間がかかりそうだとのことで、女子が勝った。もうひとつの竈に火を入れ、ピッチを上げることにした。

　この調子だと、洗濯も出来そうだ。明日の朝洗濯して、そのままカートにぶち込んで乾かしながら移動すれば良い。カートの中に紐を張れば、物干しくらいは作れそうだった。

「ボギー、このあとの時間割を作ってくれ。念のため、歩哨も立てなきゃいけない。寝ずの番は、先に風呂と、食事を摂ってもらおう」

「うん、一人は俺で良い。バスタブはいいや。お湯が残っていれば明日の朝、もらうよ。女性陣がみんな入ってからでないと、男が最初じゃ嫌だろうし。あと、男はカールで良いかな？」

「良いよ。先に乾パンもらって仮眠するよ」

「サンクス。女子陣営は、あっちに決めてもらおう。でも、犬を二頭倒したってことは、フライドドッグが八本しか取れないってことだな。もう一頭絞めておけば人数分行き渡ったのに」

「女の子は喰わないって言っているから、ま、いいさ。それで」

　料理には結構な時間がかかった。昼間、野草を摘みながら歩いたので、その野草と塩で肉を煮てスープにして食べた。女の子たちも、結局はぱくついた。みんな、それが夕方まで後ろを歩いていた犬だということは忘れるようにした。

　ピットは、テーブルに残された日記帳を読みながら時間を潰し、最後に、汚れで真っ黒になったバスタブで身体を拭いた。ロバートとカールを起こしてベッドに横になった時には、時計は一時を過ぎていた。

　手巻きラジオは、ドイツ軍の戦車部隊が、ジョージ・ワシントン橋を制圧確保したことを伝えていたが、同時に、彼らは、橋を一本確保しただけで、そこを経由して補給物資を搬入する目処はまだ立っていないことも伝えていた。

　マンハッタンを拠点にするＶＯＭ、ボイス・オブ・マンハッタンは、ニューヨークに暮らす人々にとって命の声とも言えた。希望の声だった。音楽の合間に、最新の支援状況や民兵の動きを伝える。時には、民兵のリーダーらのインタビューも取った。

アメリカ国民が、今や「オールディーズ」と一言で片づける最新のポップスも、懐かしかった。何しろ、最後にアーティストの新譜が発表されたのは冬を間近に控えた四ヵ月前のことで、名だたるアーティストが参加したエイド・ソングだった。アメリカでの発売はなく、旧大陸とアジアでしか売り出されなかった。本国アメリカでは不評だった。何しろ、真っ先にアメリカを逃げ出した金持ちらが、外国でぬくぬくと暮らしながら、アメリカ人よ、希望を持って頑張れ！　と歌っているのだから。

翌朝は、朝からからりと晴れ上がった。晴れてはいたが、風が少し強かった。全員の体調を確認するために、ピットはボギーと話し合って出発時間を遅らせた。普段、乾パンの類しか食べていない。それを突然脂っこい食事を摂った。胃が受け付けず、腹を壊す恐れがあった。

その間に、また水を汲み、バスタブに湯を入れたり、洗濯したりした。食糧の残骸は、女の子たちが起きる前に、男たちで処理した。夢で魘されそうだった。一〇分も経たない内に野犬が群がり、小骨の一本に至るまで持って行った。

ロバートは、ソーセージの出来に満足そうだった。一晩中、交代で火の世話をして、燻製を作り続けた。燻製作りに関しては、アメリカ人は今や世界一の経験者だった。

ピットは、カートに入れて持参する物資を選別した。日記を書き残したのは、ご近所からなる五家族だった。皆、老人を抱えたり、いろんな事情でここに踏み止まった人々だった。自給自足の効率を上げるために、全ての物資を持ち寄ってここに立て籠もった。もし、この日記を読む者がいたら、その精神を汲み、必要最低限の量だけ持って、次にここを訪ねる人々に残してもらいたいとあった。

ピットは、出発間際、ノートの最後の頁に書き足した。自分たち全員の名前と、昔の住所、ここへ来たいきさつを認めた。

外には、ドーベルマン三頭を含む、二〇数頭の野犬が屯していた。

「カートに、マリーを乗せてくれ。どうしたもんかな。ドーベルマンの一頭くらい撃ち殺せば警告にはなると思うけど……」

「きりがないよな。いったん追い払ってもいずれまた追いかけて来るぞ」

「松明を持って行こう。犬は強烈な臭いが駄目だからな。いざとなったら撃つしかない。弾がもったいないけど」

正面のバリケードを内側から修復し、裏口から出た。動きやすいように、荷物は全てカートにぶち込んだ。

すぐ、野犬が追ってきた。最初は距離を取っていたが、徐々に大胆になって、距離を詰めてくる。

ケリーは、松明を持って火を点けた。

「俺はこっちの方が闘いやすいや。一頭倒して、奴らに獲物をくれてやるというのはどうだろう?」

「仕方ない。それやってみるか」

ピットは歩きながらブッシュマスターをかまえ、一頭のドーベルマンを狙った。距離は三〇メートル。狙いを付けた途端、向こうもピタリと立ち止まった。その瞬間に引き金を引いた。耳を塞がなかったせいで、一瞬自分でもびっくりした。頭がジーンとする。しばらく外の音が聞こえなくなった。

眉間に命中してひっくり返る。動かなくなった所に、他の犬が殺到した。一瞬にして、倒れたドーベルマンは見えなくなった。

「さあ、今のうちだ。でも走るなよ。ゆっくりとだ」

一時間は、何事もなかった。お昼に差しかかる頃、また犬が現れ始めた。今回は、あまり長いこと待ってくれそうになかった。ジャーマン・シェパードの群れに囲まれていた。全くアメリカ人の用心深さにはうんざりする。平時には自分の身を守るために飼っていた犬がこうやって野犬化し、今は人間たちを襲っているのだから皮肉なものだ。

ピットは、そのうちの、一番凶暴そうな、全身真っ黒なシェパードに狙いを付けて引き金を引いた。だが、残念なことにわずかに外れた。二発目を撃つ余裕はなかった。

ケリーが後ろから、「どけ!」と突き飛ばした。ジャンプして来るシェパードの脳天に、火が消えた松明を頭上から振り下ろした。女の子の悲鳴が交錯する。シェパードは、一瞬怯んだが、すぐケリーに飛びかかった。ケリーが掲げた左腕に嚙み付いて押し倒す。

それを見た数頭のシェパードが飛びかかって来た。ピットがやっと引き金を引き、そのうちの二頭を倒す。

地面でのたうっているケリーとシェパードに、マルケスが「ワー⁉」と叫びながら馬乗りになった。短くて太い刃を持つ狩猟用ナイフを右手に持って、シェパードの首の辺りに突き刺した。ぐいぐいと突き刺し、力いっぱい捻る。

ビットリオにも、一頭のシェパードが襲いかかっていた。手にした松明に喰らいつき、前足の爪を立てて暴れていた。

ケンイチが、ビットリオの背後からマカロフ・ピストルを持って、腹に一発ぶち込んだ。

キャン！　と鳴いて後ろにひっくり返る。それを合図にしたかのように、野犬はいったん撤退に移った。ほんの数十メートル。

ケリーがのろのろと起きあがる。

「ありがとう、マルケス。一瞬、駄目かと思ったよ」

「怪我はないか⁉」

「腕はもともと差し出すつもりでタオルを巻いていた。でもあと五秒嚙まれ続けていたら砕けていたね。俺たち、今骨粗鬆状態だから」

まだ囲まれていた。とても安全とは言えなかった。ピットは、五〇メートル離れた所を着いてくるコリー犬に一発ぶち込んで倒した。それでも追って来る。

「ビットリオ、顔から血が流れているぞ？」

「ああ、顎を引っかかれた。深くはない。大丈夫だ」

逃げるからいけないんだと思った。ピットは、銃をカートに放り込むと、松明に火を点け、左サイドを並行して歩いてくるシェパードに向かって、「ワァー！」と叫びながら突進した。五メートルくらいの距離で睨み合ったが、視線を逸らさず突っ込むと、向こうは、ついに負けを認めて走り去って行った。それで、やっと勝負が付いた。

「よし、みんな、もう一度、怪我はないか確認してくれ。ビクトリア、薬を出してビットリオの怪我の手当をしてくれ」

顎の辺りに数本、赤いラインが走っていた。ぞっとした。もう少しで頸動脈だ。

ピットは、タオルを解(ほど)いたケリーの腕の様子を診(み)た。さすがのケリーも、腕が震えていた。もともと厚着していたせいで、そんなに深くは嚙まれていない様子だったが、圧迫された歯形が皮膚に残っていた。マルケスもケリーも血だらけだった。

「まずったな。間違いなくヒットしたんだが」

「ああ、普通の野犬なら、あれで逃げ出していたはずだ」

「何もコリーを撃たなくても……」

トレイシーが抗議した。

「私、コリーを飼ってたのよ。ある日、突然いなくなって、翌日、首が道路に放り出してあったわ。ショックで死にそうだった」

「これからは気を付けるよ。一頭くらい、犬除け用に飼い慣らすのも悪くない」

「そうして下さい。犬は私たちの隣人なんだから」

「マルケス、勲章(くんしょう)ものの活躍だったぞ。先生ならきっと頭でも撫(な)でてくれるんだろうから、ここはみんなで、感謝を込めて、頭撫でてやるよ」

マルケスは、「そんなの良いよ」と言いながら、まんざらでもなさそうな顔で、その祝福に耐えた。

みんな、呼吸を整える間もなく出発した。荷物を担ぎ、歩きながら昼飯を食べた。これからは、犬が寄ってきたら、包囲される前に、こっちから松明を振り回して打って出ようということになった。

目的地に着くのは、もう暗くなってからだなと思った。

サンディエゴは、まだお昼の時間帯だった。ここには、焼き討ちに遭(あ)ったアメリカ陸軍感染症研究所(USAMRIID)と疾病対策センター(CDC)が合体した研究施設が置かれていた。そして、世界中の科学者たちが、二四時間、人類を絶滅の縁に追いやっているウイルスと闘っていた。

USAMRIIDで、通称FAVと呼ばれた致死性細菌機動班を率いていた隊長のウォルフガング・R・リンゼー大佐は、日本人の草鹿樹二佐を誘って、シーポート・ヴィレッジ内のシーフード・カフェで昼食を摂っていた。

この一ヶ月で、サンディエゴのインフラは、見違えるように回復した。以前は、ほんの二つ三つでやりくりしていた日替わりメニューも、災難前のメニューの三分の二まで回復した。ここは、研究者たちの溜まり場だったので、とりわけ優遇されていたが、それでも画期的な回復ぶりだった。

沖合を見ても、大型船がちゃんと動いている。以前は、荷揚げしようにも民兵組織の妨害で陸上移送が出来ず、コンテナ船が列を作って滞留していたが、今は入っては出港してゆく。大きな違いだった。

ドイツ陸軍から派遣されているエリカ・ローランサン中佐が同席していた。彼女も、ウイルス学のエキスパートだった。

この食事は、草鹿がセットした。施設内では、おおよそ防護服を着ているので世間話もままならない。そして世間話が出来る研究室や会議室では、だいたい他人の目があった。

草鹿とエリカは、ちらし寿司を食べていた。大佐はパスタ料理を。ドイツ人も、毎日米を食べれば、日本人並みの体型で済むのに、が、スマートなローランサン中佐の口癖だった。

ワインの代わりに、テーブルには、日本のミネラル・ウォーターのボトルが置いてあった。

ローランサン中佐は、ここしばらくは辛い立場にあった。ニューヨークに展開した自国の部隊があっさりと感染したせいだ。展開前に、化学兵器並みの防護態勢は不要との判断を下してしまったのは彼女の責任ではなかったが、とにかく研究者は片っ端から責められる運命にあった。ここしばらく、心労でまた体重を減らしていた。

「珍しいな、二人から誘いを受けるとは。イタリア人がここにいなくて良いのかい？」

「大佐、ドイツ人にとっては、それはあまり歓迎できるジョークじゃありませんよ」

　中佐は器用に箸を使いながら眉を顰めた。

「昨日のテレビ、ご覧になりませんでしたか？　ＢＢＣの。ちらとしか映りませんでしたが。ドイツ軍の戦車部隊が、マンハッタンへかかる橋を抑える作戦を取った時のものです。従軍記者がビデオを回していた」

「ああ、あの、霧の向こうから子どもたちが一列になって現れるシーンがある、あれか。気の毒としか言いようがないな。あんな格好で。パスツール研究所のスシマー博士と今朝電話で話した時もその話が出たよ。あんな子どもたちが感染もせずに生き延びていたなんて信じられないと」

「もっと不思議なことですよ。彼らのあんなマスクじゃ、このウイルスは絶対に防げないはずです。われわれが想定しているように、少しずつウイルスに晒されて免疫を付けていったにしても、いささか合理性を欠く話です」

「うん。まあ、言われてみればそうだな。このウイルスは、ＳＡＲＳと違って、子どもだからと容赦はしない」

「実は、今度の我が軍の罹患騒動で、あの戦車中隊を率いていた少佐とお付き合いが出来ました。そこで、直接電話をかけて訊いてみたんです。そしたら、彼らは妙なことを言ったそうで、自分たちはこのウイルスにはかからない。他人の目があるからマスクをしているけれど、他人がいない所ではマスクを外すと……」

「本当に？……。俄には信じられないな。外国人相手のジョークのつもりじゃなかったのか？」

「あそこで、この半年以上、彼らが生き延びていたことは事実でしょう。検疫時の会話記録も入手しましたが、謎だらけです」

大佐は、興味ありげにフォークをテーブルに置いて口元を拭った。さあ、話を聞こうという態勢だった。

「どんな秘密がある？」

「みんなが同じ既往症を持っていて、それが発症を抑制している。あるいは、同じ物を食べて、それが発症を抑制している。いずれかだと思います」

「後者はありえないだろう。あんな所で、彼らだけ他人と違ったものを食べられたとも思えない」

「ええ、断定は避けたいですが、確かに確率としては低いですね。ビデオをチェックする限りでは、髪も生えているし、何か病気にかかっている様子も窺えません。ま、あまりの汚さに真っ黒で、人種の判別も付かないくらいでしたが」

「うん……。調査する価値はあるかもしれないな」

「彼らを保護したいと思います」

大佐は、二人を見遣って「そいつは難しいぞ」と漏らした。

「知っての通り、ＷＡＡが独立宣言したとは言っても、表向きわれわれは中立だ。今でも、ここが最大で最新の研究施設であることに変わりもない。だが、ホワイトハウスやＮＡＴＯから見れば、われわれはもう敵側だ。そこに格好の研究材料があるから、ぜひ保護して渡してくれないか？　と言っておいそれと聞き入れてもらえるわけでもない。

万一ロシアにでも話が漏れたら、奴らこっそり国に連れ帰るぞ」

「ええ、われわれが心配しているのもそれです。国連の決定で、アメリカの感染患者は、いかなる理由があっても大西洋を越えてはならないことになっている。例外はありません。だが、彼らを欲しがる国や研究施設はあるでしょう。自国民の防衛のために。最終的に彼らが謎を解明してくれることに期待も出来ますが」

「バカバカしい！　仮にそれができたとしても、そいつはたぶんアメリカ人が死に絶えたあとのことだぞ。よその施設では、われわれが一週間で解き明かせる謎の解明に半年かける羽目になるのがおちだ。何としてもこちらで保護せねばならない」

「それで、私としては、結論は一つです。ここから、FAVを送り込むしかない。こっそりとね。現地では、正規軍を装って行動し、彼らを捜索する」

草鹿の言葉にローランサン中佐が続けた。

「ドイツ軍なら大丈夫です。私が工作できます。今のアメリカ西部と東部の国力の差からしても、われわれが研究を主導した方が確実なことは、前線部隊が一番認識しています。ドイツ軍は全面的に協力できます」

リンゼー大佐は、しばらく押し黙ると、ミネラル・ウォーターで唇を湿らせた。

「言うまでもないが、FAVはもう全く実態がない。全滅したと言っても過言じゃない。生き残ったのは私ひとりくらいのものだ。FBIを別にすればな。彼らはあくまでもオブザーバーという立場だから」

「私に指揮させて下さい。兵は、カリフォルニア軍団から借ります。われわれの補給は、自衛隊に相談します」

「反対する理由はないな。だが、子どもたちの居場所を探るのはことだぞ。あの狭い島の中ですら、探すのは一苦労なのに」

「ええ、ベストを尽くします」

大佐は、すぐかかろうと、腰を上げた。少年少女らが、遠くへいかない内に探し出す必要がある。そこに予防の糸口があるかどうかは未知数だったが、研究者としての勘が、彼らを追うべきだと警告していた。

Chapter 3

コーラス・コーラス

ＷＡＡにおける統合軍最高司令官、ビリー・Ｋ・アッカーマン陸軍中将は、時限爆弾のような存在だった。彼が抑えている部隊も、彼自身も、心はＷＡＡにはなかったし、国の再統合に本心からの興味があるかどうかすら怪しかった。

そしてそのことは、政権内では衆知のこととして受け止められていた。上辺（うわべ）だけの和平は、アッカーマン将軍が率いていたカリフォルニア軍団を取り込むための方便で、今のところそれは巧（うま）くいっていた。彼らは都市部での略奪行為を止め、太平洋を越えて届く支援物資の配給に兵力を出していた。

かつて西部議員連盟を率いて、今はＷＡＡ国防長官に収まったユタ州選出のジェームズ・ジェンキンズ上院議員は、上座に着くサカイを挟むように、アッカーマン将軍の真向かいの位置に着いた。

ジェンキンズは、いささか不利な立場にあることをわかっていた。彼を補佐する者たちは、国防総省の役人ではなく、かつて国防総省に籍を置いたことがあるものの、今は西海岸の軍需メーカーや大学のポストに収まっている連中だった。他方、アッカーマンを補佐する軍人連中は、いずれもこの〝戦争〟を最前線で闘ってきたベテラン揃いだった。

サカイは、オブザーバーとして自衛隊を代表する第一空挺団の音無誠次（おとなしせいじ）二佐を隣に座らせ、〝フェニックス計画〟の始動を説明した。

「そんなわけで、不満もあるだろうが、まずはワイオミングの援助に全力を注ぐことになった。サウスダコタとカンザスにはちょっと待ってもらう。北は、この寒さで自給体制が取れないからな。ワイオミングは、メトカーフ基地が近いから、ここの援助を丸々受けられる。もし派遣される隊員が感染しても、いち早く基地へと運べる。ワイオミングでまず一週間試して様子を見る。問題点を洗い出し、改善し、前進の準備をしつつ、メトカーフ基地からサウスダコタ、ノースダコタへ乗り出す。問題はカンザスだ。いち早くWAAへの加盟を表明してくれた。われわれとしても、いたずらに引き延ばしたくはないし、言うまでもなくアメリカの臍だ。ここを抑えることの意味は大きい」

「難しいな……。ニューメキシコ州に展開する空軍部隊は抑えてある。だが、テキサスはまだ旧政府支持のままだし、コロラドの部隊はむしろ増強されている。まずはコロラドをどうするかだ」

ジェンキンズは、テーブルに広げられた二メートル四方の地図に視線を落としながら言った。

「飛び地を作るのはまずい。後々、補給の足かせになる」

「では、コロラドを落とせば良い」

斜にかまえるアッカーマン将軍が、事もなげに言ってのけた。選良を相手に無礼な態度だとジェンキンズは思ったが、口にはしなかった。この男は、その態度に出るだけの資格がある。政治家が想像もできないような修羅場を潜ってきた。政府の尻拭いに何度も出動し、部下を犠牲にして来たのだ。

「今現在、われわれが持っている空軍の兵力でも——」

「いや、無理だ。そんなものは存在しないだろう。戦闘機部隊のほとんどは早い内にハワイやアラスカへ避難した。海軍航空隊がわずかに残ったが、それらは中立の立場にいる。将軍が抑えることに成功した空軍兵力は知れている。いくら最新鋭機を抱えていても、それを繰り出して派手に負けたら、われわれは東部の連中に対して丸裸になる。

だいたい、滑走路を叩いても、最後にはシャイアン・マウンテンの要塞が残るじゃないか？」

「NORADなら、陸から攻めれば良い」

「放っておけば良いじゃないか？　将軍。あそこにあるのは、たかがコンピュータと通信装置くらいのものだろう。包囲して、食糧でも与え続ければ良い」

　サカイが鷹揚に言った。アッカーマンの本音などまるで知らぬような顔だった。

「われわれの士気の問題です。意志の問題でもある。失礼ですが、サカイ長官、政府の正当性を証明するものは、軍を掌握しているか否かです」

「言っていることはわかっているつもりだが、将軍。われわれがホワイトハウスと政権の正当性を争う必要を感じない。君が議会に西部議員連盟の諸君にそう説いて、彼らがその正当性の確保に同意するなら別だが」

　将軍は一瞬考えてから姿勢を正して口を開いた。

「平和的な手段だけで、われわれが勢力を拡大できるとお考えですか？　いや、もちろん勢力拡大の必要はないと仰るでしょう。どちらがどこを取ったなんてのは些細な問題です。大事なことは、全土に支援物資が行き渡ることだ。しかし、現実問題として、今のホワイトハウスは、いや、ヨーロッパ諸国は、使い道もない軍隊だけ派遣して、ニューヨークひとつ物資で溢れかえらせることも出来ない。あそこに踏み止まった住民は、上を見ても二〇万もいやしない。なのに、疫病に手を焼いて支援どころじゃない。だが、われわれはその能力を備えつつある。今も毎日、ロングビーチには、数百万トンの支援物資が陸揚げされ、大型トレーラーが各州へと列をなして走ってゆく。今、生きている中部や東部の国民が、一週間後も生きていることを、誰か保証できますか？　それが無理なら、われわれは、各州に留まった指導者たちの要請に応え、軍を進めるべきです。飛び地をつくるのはいかにもまずい。現地の民兵どもにも軽んじられる。私が軍を率いていて、こんな所でぬくぬくお茶しているような男かどうかくらいお二人にはお分かり頂けると思いますが。つい昨日まで、平和部隊のトラックを襲って食糧を強奪していたんですよ」

「では訊くが将軍。たとえば、来週テキサスやオクラホマ、ミズーリを解放して、支援物資を届けられると思うかね？」

「当たり前です。私は、ルートの安全を確保し、輸送部隊の安全を保証するだけの陸上兵力を持っているし、現地でも民兵をこちら側に引っ張り込む自信はあります。今、直ぐ一〇州に安全な補給路を確保しろと命じられたらやってのけます。私の部隊は、その程度の規模はある」

サカイは、いささか辟易した顔で、「ま、確かに君の兵力がどの程度あるかの報告は聞いてなかったよな……」と嘆じた。

「私が指揮するエリア内では、ホワイトハウスの指揮下にあるいかなる部隊や基地の存在も許す気はありません。海軍のように、住民の目に触れずに済む部隊ならまだしも、ホワイトハウスにプロパガンダの材料をくれてやる気はない。希望を抱かせるような状況を許す気もありません。海軍にしたところで同様です。補給でサンディエゴに入港する分については、ＷＡＡへの恭順を求めます。当然のことです」

「要点を整理しよう、将軍。つまり君としては、コロラド州を完全に解放した状況でなければ、東への展開には同意しないということだね？」

「メトカーフ基地から支援できる北部諸州はともかく、南の方は駄目です。ただし、何度も繰り返しますが、われわれは陸上兵力だけで、コロラド州を制圧できます」

「まずはコロラド州の意向を確認しよう。知事、出身議員の意思を確認してから、将軍の提案を検討する」

「猶予はないものと思って下さい。判断が一日遅れれば、それだけ死体の山が増える。われわれの目的は、この破滅的な状況から一刻も早く国民を救うことです」

「もちろんだ、将軍。君らがもう少し協力的でいてくれたら、冬に入る前に、支援物資を内陸部に運び込めた。行政が崩壊する前に、態勢を整えられたのだがね、それを思うと、いや全く残念だよ」

「私はその責任を回避するつもりはない。だからこそ、今、必要な犠牲を払うと述べているのです」

将軍は、サカイの皮肉に一歩も退くことなく堂々と応じた。もとはと言えば、民兵が跋扈して支援部隊への襲撃と略奪を繰り返し、内陸部への補給線を崩壊させたことが原因だったのだが。

「ま、私もこれ以上は言うまい。第一には、民兵を黙らせられなかった国防総省の責任であり、ホワイトハウスの責任だ。それに、死んだ子の歳を数えても仕方ない。われわれは今、どうにか手術は成功したが、予断を許さない時期にある。ここはチーム医療が必須だ。前を向いて患者のために何がベストかを検討しよう」

ジェンキンズが間を取り持っていった。昔はすぐかっとなってがなり立てる男だったが、この災難で、西部の議員をまとめる立場になってから随分と丸くなった。

「軍としては、二点を要求します。第一に、コロラド州の意思統一を求めます。WAAに加わるという明確な意思表示があれば、軍を進めやすくなる。それを受けた上で、われわれは地上軍を派遣します。支援物資と共に。コロラドに入ってからのことは、私に一任してもらいたい。そうしなければ、中部域の補給の安全を約束できないものと思って下さい」

「将軍、国防長官の――、あっちのという意味だが、スコットとは古い付き合いだ。私は彼に投降を呼びかける警告を行うことになると思うが良いかね？　たぶん、相当にざっくばらんな話をすることになると思う」

「かまいません。それで無用の戦闘を避けることが出来るのであれば歓迎します。ただ、こちらの出撃準備が整うのを待ってからにして下さい。せめて半日は」

「半日か。準備の良いことで結構だ」

会議が終わり、それぞれに腰を上げる。ジェンキンズもアッカーマンも大股で部屋を出て行った。処理すべき問題は山積している。確かに時間は貴重だった。

サカイは、音無と共に執務室へ移った。安楽椅子に腰を下ろすと、ＣＮＮニュースを一瞥する。ニューヨークに築いた砦のようなスタジオから生放送していた。

「なあ、音無君。われわれは呑気に見えるかね？」

「出来ることと出来ないことがあります。今、補給路を内陸部の複数の州へ入れるのは無理です。道路網はズタズタで、自転車で走るのがやっとの状況でしょう。まず工兵を入れて道路をメンテナンスしないと。個人的には、春を待ってから動いた方が確実かと」

音無は、真向かいのソファに深々と腰を下ろして続けた。

「しかし、それはこちら側の事情に過ぎない。支援を持っている側にしてみれば、〝道路事情が悪い〟は、理由にはならないでしょう。将軍の下心はともかく、サンベルト地帯に支援物資を送り込むには、軍の恭順が必要です。私が将軍の立場で、コロラドをどうするかという判断を迫られたら、迷うでしょうね。無視して迂回する手もある。軍事基地を包囲して放置するのもあり」

「君ならどうする？」

「何の下心もなしに判断したとして、私なら、制圧します。まあシャイアン・マウンテンのような場所は、包囲して兵糧攻めでしょうね。他の基地は制圧します。容赦なく。それが軍事的な合理性というものです」

「君は外国人だからな。私は、同胞が同胞に銃を向けることの無惨さを知っている。相手が民兵なら了解もするが、国家に忠誠を誓い、家族を犠牲にして軍施設に立て籠もっている連中だ。どうにか武力行使なしに解決したい」

「連中は、遮二無二、闘いますよ。相手がカリフォルニア軍団だと知ればね。中部が崩壊したのは、あらかた彼らのせいだと思っているでしょうから。家族の仇を取ろうと必死になるでしょう。それでカリフォルニア軍団の兵力が減るのであれば、それも良い」

「君は全く、その手の算段が得意だな……」

「それで今日まで生き延びてきましたからね。戦場における理というのは、非情なものですよ。良心が入り込む余地はない」

　あの将軍の言い分を受け入れなければならないというのは、何とも癪だった。その下心が見え透いているだけに、こちらの力を試されているような不快感があった。彼にとっては、何もかもが政治家に対する踏み絵なのだ。

　二人の少年少女は、カートを押して暗がりの道路を歩いていた。陽が落ちたせいで、松明を照らして歩かねばならなかった。援助物資として降ってきたノーバッテリー・ライトもあった。三〇秒も振れば五分は持つ。

　みんな、ちょっと腹が減っていた。昨日の夕方ほどではなかったが。

　少しぞっとすることだが、昨夜の犬のスープをポットに入れて持参していた。ソーセージもある。必要なら、歩きながらでも夕食は摂れた。問題は寝床だけ。幸か不幸か、野犬の群れはいなかった。つまりこの辺りには人が住んでいるということだ。だが、すれ違う住民はいなかった。

　片側三車線の真っ直ぐな道路だ。歩道はでこぼこなので、道路上を歩いた。長らく車が走った痕跡はなく、ゴミが散らかっていた。夜間、こんな道路をカートを押してあるくのは疲れた。昼間なら、数十メートル先のルートを検討して障害物を避けてコースを取れるが、夜間ではそうもいかない。

　二人がかりで先行し、障害となりそうなゴミを脇へどけながらの前進だった。

「なあ、歌でも歌わないか？　元気が出る」

　ピットが提案した。

「ここは軍隊じゃないのよ。でも、グレゴリオ聖歌ならいいわ。さしずめ——」

「アホらしい。スパイスガールズにして頂戴」

　うっかりしたことを言ったとピットは後悔した。早速ビクトリアとトレイシーが鞘当てを始めた。

「あんなものは、ただの騒音よ。良くて雑音ね」

「グレゴリオ聖歌だなんて、サンタクロースを信じているネンネの歌じゃん。あたしにとっての神様は、ロックであって、ジーザスじゃありませんから」

「教養がないってのは、ホント悲しいわよね」

「二人とも止してくれ。僕が悪かった。君たちの前で音楽の話をすべきじゃなかったよ」

まったく骨の折れる連中だ……。

「それより、ピット。俺たち、道に迷ってないよな?」

カートを押すケンイチが訊いた。

「大丈夫だと思う。誰か変な予感がする奴、いる?」

「この道で良い。幹線を外れて道に迷うよりはましだ。それに幹線なら、とりあえず道路標示だけは途切れなく存在するからな」

ロバートが自信ありげに言った。

「それにさ、ここには生活臭があるじゃん。路肩の木は伐られて薪になっている。切り株の跡を観ると、わりと新しいのもある。道路もそこそこ綺麗に維持されているだろう。コミュニティを保とうとする努力が今も払われている証拠だ」

「警戒もしなきゃな。戦闘のイメージを常に頭に入れておくんだぞ、みんな。先生の口癖を忘れるな。ウイルス、野犬、飢え、いろいろ恐ろしいが、一番怖いのは、人間だ」

最後の「一番怖いのは人間だ!」のフレーズだけ、みんなで声を合わせて復唱する。

銃を持つ役割は、前より後方に譲ってあった。それが彼らの役割分担だった。最前列が時間稼ぎしている間に、後ろで銃を取って反撃する。ピットが持っているのはマカロフ・ピストルだけだった。

この災難で治安が崩壊して以来、西部には中国製の武器がどっと溢れた。東部には、ロシアからマカロフやトカレフと言ったピストル、カラシニコフと言った小銃が大量に密輸された。ロシアン・マフィアは、貨物船をチャーターし、食糧の代わりに武器類を大量に密輸した。それを引き受けるアメリカのマフィアには、払えるキャッシュはなかったが、ヨーロッパ大陸に持っていた隠し資産で武器を買い漁った。その武器は、国内で食糧と交換され、マフィアの懐を潤したのだった。

「ピット、そろそろ今夜の寝床を確保しないと。目的地はすぐ近くだとは思うが、これじゃ、教会の鐘楼も探せない。これからもっと冷え込むぞ」

　ボギーが後ろから言った。吐く息は白く、道路はあちこち凍り付いていた。気温は華氏四〇度もなかった。動いていないと直ぐ身体が冷え切ってしまう。

　この辺りは見覚えがあった。確かウォルマートの巨大ショッピングセンターがあった。そこから坂道を上るような感じで歩いて教会まで半マイルもなかった。

「ひとまず、ウォルマートを探そう。中に入れれば安全だろうし、そこで暮らしている住民がいるかもしれない。様子を聞いて、行けるようなら、今夜中に教会に行ってみよう」

「今日は朝からいろいろあったからな。みんな疲れている。屋根と寝床さえあれば倉庫だろうが、ショッピングセンターだろうがかまわないよ」

「ああ、同感だ」

　ふと、左手に一〇メートル四方の巨大看板が現れた。ウォルマートまで一マイルとあった。

「良し、みんな。あと一マイルちょっとだ。元気を出していこう。一時間後には飯だぞ。ひょっとしたら、暖かい飯があるかもしれない。バスタブはないと思うけどな」

　みんなで、「線路は続くよ、どこまでも（I've Been Working on The Railroad）」を合唱した。それから「きらきら星（Twinkle, twinkle, little star）」を歌ったが、幼いマリーが泣き出したので止めた。で、今度はリパブリック賛歌に切り替えた。歌いはしたが、ビクトリアから、「選曲に何の思想性も感じられない」と抗議された。それで、最後は「峠のわが家(Home on the Range)」で締(し)めた。我が家なんかどこにもありはしなかったが、いつかみんなで、どこかの家を修復して一緒に暮らそうと誓い合っていた。最初、スズキ先生から、これを歌おうと持ち出された時にはみんな嫌がった。何しろ、みんながみんな家も家族も失ったあとだったから。だが、やがて皆が受け入れた。いつかどこかに、帰るべき家を持とうと励(はげ)まし合った。

巨大スーパーマーケットに人の気配はなかった。駐車場には、州軍がしばらく駐留したらしく、テントを張った痕跡があった。

入り口はどこも破れた窓がベニヤ板で補修してあったが、長らく人が入った形跡はない。ロバートが埃(ほこり)の積もり具合をチェックして、「最後に人が入ってから一ヶ月は経っているな。ここは捨てられたようだ」と言った。

奥へ入り、中心部の広場で呼びかけてみたが返事はなかった。吹き抜けになった四方をエスカレータで囲まれている。最上階からは、クリスマス用の飾りが吊(つ)り下げられていた。きっと、生き残った人々でクリスマスを過ごすだけの余裕はあったのだろう。年は越せたが、たぶん食糧が持たなかったのだ。どこかに引っ越したのだろうとピットは思った。

淀(よど)んだ空気が、松明の熱でかき回され、松明のゴムが焼ける臭いがこもり始めた。

「みんなこのまま、教会を目指そう。ここで休憩すると、身体が冷えて動き辛くなる」

「異議なし！　あとほんの一〇分だ。暖かいスープと熱いシャワーは期待できないが、たいした慰(なぐさ)めにはならん説教を聞けるかもしれないぞ」

ボギーがくだらないジョークを飛ばすとブーイングが起こった。しかし、カートを押してさっさと外へ出た。ピットが先に走り、その上り坂のルートを探した。そんなにきつくない勾配だ。カートを押して上れる。教会は、その坂を上り切ったヒルトップと呼ばれる丘の上に建っているはずだった。

　ピットは、息を弾ませて、後ろも振り返らずに走って丘を上った。辺りに明かりはなく、手に持ったマグライトだけが頼りだ。教会が見えてくる。教会を囲むように無数の盛り土があった。土が盛られ、十字架が立てられている。墓だ。それ自体、今のアメリカでは珍しくもなかった。

　教会のドアは閉じられていたが、鍵はかけてなかった。ドンドン！　と叩いてから、観音開きのドアを開いた。中に人がいる気配はなく、空気も淀んでいた。だが、動くものの気配があった。祭壇の下で、クーンと、犬が弱々しい唸りを上げるのがわかった。

　マグライトでその辺りを照らす。テーブルをどかした空間に、長椅子を並べてマットレスが敷いてある様子だった。

「神父⁉」と呼びかけたが返事はなかった。恐る恐る近づくと、確かに人間が横たわっていた。ガリガリの人間が。見慣れてはいたが、さすがに教会の中でそんな状態の人間と遭遇するのは気分の良いものではなかった。

　一瞬、もう死んでいるのかと思った。「神父！」と呼びかける。微かに瞼が動いた。まるで、教科書で見たユダヤ人収容所の囚われ人みたいに痩せ細っている。

「神父！　しっかりして下さい」

　みんながやっと追い付き、中に入ってきた。

「神父だ！　まだ息があるぞ」

　生きているとは思えなかったが、生物としては、まだ息があった。

掠(かす)れた声で、「ようこそ、わが恵みの丘教会へ……」と喋(しゃべ)った。ただのうわごとだった。

祭壇に蠟燭(ろうそく)が数本残っていたので、それに火を点(とも)した。ピットは、スドウ神父の右手を取り、両手で包んだ。まるでもう死人のように冷たかった。

「神父、ピット・ソレンセンです。あなたに会いにきました」

「ピット……、ソレンセン……。誰だ……」

「シロー・スズキ先生の生徒です。ニューヨークから来たんです。あなたに会いに」

神父は、やっと意識が戻ったようで、「おお、スズキ、元気だったか?……」と日本語で喋った。

「ケンイチ、駄目だこりゃ。意識レベルが低下しているせいだ。日本語で話しかけてくれ」

「神父、神父。ケンイチです。ソノダ・ケンイチです。わかりますか？　僕のこと」

「ケンイチ……、ケンイチ⁉」

神父は、カッと瞳を見開いた。やっと意識が戻った様子だった。

「君らは……」と絶句した。

「起こしますか？　神父」

「ああ、頼むよ」

神父は、骨と皮だけだった。どう考えても、この状態では、今夜一晩が関の山だった。長い被災生活で、人の死を嫌という程見てきた。悲しいことだが、人の死期は予見できるようになった。

二人がかりでその場に起こそうとしたが、その必要はなかった。神父の体はまるで抜け殻のように軽かった。

「どこかに、水があったかな……」

空のコップが数個あった。それに、持参したポットから、犬肉のスープを注いで口元に宛(あて)がってやった。ちょうど人肌に冷めていた。神父の手が震えていた。

　ピットは、スズキ先生が死んだこと、先生の遺言に従い、この教会を訪ねたことを手短に説明した。

「なんとまぁ、たった一二人で、二日間歩き通してここまで来たというのか……。まさに奇跡が行われたとしか言いようがない。どうした？　その少年、怪我したのか」

「まあ、今朝いろいろとありまして、野犬の群れに襲われた時に。たいした傷じゃありません。ご心配なく」

「誰かと会ったか？」

「住民という意味なら、全く会いません。ショッピングモールにも寄りましたが、長らく誰も入った形跡がなかった」

「一ヶ月前、最後まで生き残った住民らはこの町を脱出したよ。西を目指して。私が墓守として残った。一〇日前に食糧が尽き、二日前に水が尽きたが、もう水汲みに行く体力はなかった」

　神父は、そこでいったんスープを飲み干した。

「……残念だが、君たちに私がしてあげられることは、祈って、祝福を授けることだけだ。今夜は、ここに泊まると良い。せっかく暖炉があるんだが、もう薪がない」

「大丈夫。薪なら持参しました。すぐ、食事も用意しますから」

「いや、私は良い。もう胃が受けつけないよ。食べなきゃあと半日生きられるものが、吐くことによって体力を消耗することになるから、遠慮する。ここは安全だ。マスクをする必要はない。何しろ、人が逃げ出したから、ウイルスも存在しない」

　ピットは、神父を椅子にきちんと座らせると、暖炉に火を点けさせ、女子には夕飯の準備を頼んだ。

　ケンイチは、神父の肩に毛布を宛いながら、日本語で話しかけた。

「うちの親父。昔、変なこと言ってましたよね。一儲けしたら、この教会の中を金箔で埋め尽くしてやると」

「ああ、確かに言ったな。金箔は無理でも寄付はありがたい。駄目だったのか？」

「ええ。あっさりとね」

「それはお気の毒だったな。でも君なら日本に帰れるだろう。その資格を満たしている」

「神父さんこそ帰国できるじゃないですか。でも、ここが僕らの故郷ですよ。今さら、日本に帰っても仕方ない」

「そうだ。私もそう思う。この大地で死ねることは幸せだ。ケンイチ、頼みがある。このコリー犬をもらってくれ。ハルと言う名前だ。ＩＴ企業のエンジニアが飼っていた。それと、そこの椅子の上のノートを取ってくれ。日本語で書きつづったせいで、君以外には誰も読めないだろう。英語でかまわないから、最後の所に、君たちのことを書きおいてくれ。誰かが、いずれ発見するだろう」

　ノートを取ってパラパラと捲ると、彼が渡米したいきさつから今日までのことが認めてあった。細かい鉛筆の文字で、日本語と英語が混ざっており、蠟燭の暗い明かりではとても読めなかった。

「わかったよ、神父さん」

「済まない、本当に。何の助けも出来ずに。このあとのことは考えてあるのか？……」

「抜け目はないよ。ここでもし神父さんに会えなければ、またニューヨークに引き返すことに決めてた。帰り道の食糧も確保してある。でもこの辺り、人がいないって不思議だな。野犬とか見なかったよ」

「この一帯の住民は二手に分かれた。団結して共同生活を送るか、家に閉じこもって春の到来を待つか。共同生活組は、結局食糧が尽きて脱出するしかなくなった。立て籠もった連中がどのくらい生き残ったかはわからない。一〇家族か、二〇〇家族か。彼らは悟ったんだ。家にじっとしていて、誰とも接触しなければ、ウイルスに感染することもないと。軍が補給物資を運んできてくれる時のために、幹線道路だけは綺麗にしているが、それも、各家庭が勝手にやっているだけだ。君らがノックしても、顔を見せる住民はいないだろう。しかし、なぜ君らは生き延びたんだ？　あんな過酷な環境下で。そりゃ、スズキは機転の利く男だったが……」

「内緒の話だけど、俺たち、マスクをしなくてもあのウイルスにはかからないんだ。ある女の子がいて、その子の周りにはオーラがあって、それが守ってくれているんだって。ただ、そのオーラは一二人プラス先生しか守ってくれない。時々、子どもが一人、二人と加わったけど、必ず一三人目はウイルスに殺られるんだ。それで先生は、このオーラは一二人しか守れないと気付いた。それからずっとメンバーは固定したままだよ。あのウイルスだけじゃなく、他の病気にもかからないんだ。ちょっとした怪我なんか、彼女が手翳しするだけですぐ治る」

「一二使徒か、そりゃぁ凄いな……」

　神父は、しかし全く信じていない様子だった。

「本当だよ？　真面目に話しているんだから」

「ああ、御免。神に仕える身で、奇跡を否定しちゃいかんな。この世の中に、科学で解明できない現象がまだあることをうれしく思うよ」

「神父さんにも手翳しさせようか？」

「その必要はない。私は、神が定めた運命を受け入れる。私の遺言が、そのノートの後半にメモしてある。両親宛のメッセージだ。そこだけ憶えておいて機会があったら伝えてくれ。私が伝道の道を歩もうと決心した時、父も母も半狂乱になって怒った。だが、私は幾人かの人々の魂を救うことが出来たと思っている。それが私の幸せだ。もしあのまま日本にいて、普通のサラリーマンをしていても、社会に貢献できたと思う。だが、私がこの国に来て得られた喜びが、他の方法でも得られたとは思えないんだ。私は満足している。満ち足りた心で最期を迎えたと伝えてくれ」

「ああ、必ず伝えるよ。何か食べた方が良いと思うけどなぁ……」

「無駄だ。明日の夜明けは拝めないだろう。良い町だった。良い教会に、親切な信徒たちと巡り会えた。本当に幸運だったよ」

半死人の神父の様子を見守りながら、子どもたちは、賑やかに夕食の鍋を囲んだ。

ハルは、人なつっこいコリー犬だった。マリーはとりわけ気に入った様子で、夜は抱いて寝ると言い張った。蚤やダニだらけだろうから勘弁して欲しかったが、皆、駄目だとは言えなかった。礼拝堂の長椅子を向かい合わせに並べ、暖炉に火をくべながら寝た。

仕方ないが、ニューヨークにまた引き返すしかない。みんなで泊まりがけの遠足に出たようなものだと思えば良い。それなりの収穫はあったし、バスタブにも浸かれた。暖かい肉料理にもありつけた。カートも手に入れられた。気晴らしにもなった。

ニューヨークでは、ビルのコーナーを曲がって道路一本横切るのも命がけだが、ここではそんなことはない。野犬に注意するだけだ。食糧の目処さえつけば、ぜひこの辺りで暮らしたいと皆が思った。

明け方、ピットが目を覚ました時には、神父はもう冷たくなっていた。横にして毛布をかけたまま、皆で朝食を摂った。

「引き返すしかない」という一点で、皆の意見は一致していた。コリー犬という新たな仲間が増えたことで、皆ちょっとうきうきしていた。

身支度を整えてから、神父の葬儀に臨んだ。外の、数十本の十字架が立てられたエリアに、掘りかけの墓穴があった。そこを少しばかり広げて、神父を埋めた。その脇に捨ててあった木ぎれを釘で打っただけの十字架に、ケンイチがマジックで神父の名前を書いた。

野鳥が忙しなく飛び交うのどかな早朝だった。太陽が水平線に昇り、真横から光が射してくる。教会の尖塔の影が、どこまでも地表に伸びている。丘の麓に滞留していた靄が徐々に晴れてくると、絶景が眼下に広がった。

毛布に包んだ神父の身体を五〇センチほど掘られた穴の底に横たえた。

「えっと、この教会はメソジスト派なんだよな？　何か固有のお祈りとか方法とかあるの？　誰か知らない？」

「神父さんなんだからさ、神様も数百フィートに広げた天国の入り口に電飾キラキラで待っていてくれるさ。灰は灰に、塵は塵に……、でオッケーさ」

ケリーがそう言いながら、ひとひらの土塊を手にとって胸の辺りにかけた。全員がそれに従ってから、スコップでまた土をかけ、野犬が掘り起こさないよう盛り土をした上でペタペタとスコップの裏側で均して固めた。

「きっと、満足していたと思うよ……」

ケンイチがぽつりと言った。

「日記の最後、四日前に書かれた所に、ここを出発した集団の記録が書き記してあったよ。七六名の集団が、一ヶ月少し前、町を捨て、自転車や三輪車を使って北ルート沿いに西海岸を目指したんだって。一ヶ月後三五名が、カナン・プランテーションにたどり着いた。そして、つい四日前、メトカーフ基地に残って療養していた四名がカナンの地にたどり着き、助かった全員が顔を揃えたという話だ。ラスベガスから発信されているボイス・オブ・アメリカのラジオで、神父宛にメッセージが届いたとか」

「カナンって、政府がラスベガスの北に整備している最大規模の難民収容キャンプでしょう？　最終的には一千万人を収容するとか言う。七六名で出て、たどり着いたのが三九名。零下二〇度の厳寒地帯を移動したにしては、よく助かった方よね……」

ビクトリアが溜息を漏らした。

「俺たちには、遠すぎるな。とても無理だ」

「確かシカゴ以西は、ホープ・プロジェクトが五〇キロおきに補給ベースを展開しているはずで、それはもうカナンまで通じているという話だ。行けないことはないさ」

「一日五〇キロ歩く自信があるか？　一時間に三マイルを早足で歩いたとして――」

「三マイルは無理だろう」

ビットリオが首を振った。

「荷物がなければ三マイルくらい行けるだろうが、みんな一〇キロ近い荷物を背負うことになる。俺たちの脚で毎日歩ける距離は、良くて二〇マイルちょっとだと思う」

「でも、自転車はあるという話よ。そのホープのボランティアたちがヨーロッパから不要な自転車をもらい受けて運び込んで避難民に与えている。子ども用の自転車もあるとラジオで言ってたわ」

トレイシーが身を乗り出すようにして言った。

みんな、西海岸への避難話になると熱心になる。馬鹿げているとは思ったが、夢は膨（ふく）らんだ。

もし先生が生きていたら、少しは現実的だったかもしれないが、今となっては、さらに遠くなった。凍（い）てついた北の大地を子どもたちがまる一日自転車をこげると思うなんて狂気の沙汰（さた）だというのが先生の考えだった。

だいたい、西海岸へたどり着いた人々の生存率を当てはめると、この一二人のうち四人は旅の途中で命を落とすことになる。そんな現実に挑（いど）むだけの勇気はなかった。

「もう少し暖かくなれば、考えてみよう。せめてあと一ヶ月は待たないとな」

ハルにも神父の墓にお別れを告げさせた。無邪気に尻尾を振っている。昨夜は元気がなかったが、今朝は見違えるようだ。やはり雑食性の犬は生命力がある。マリーの遊び相手が出来ただけでも歓迎だったし、これからは野犬の群れもそうおいそれとは襲ってこないだろう。

みんなで「村の教会（There's a Church in the Valley）」を歌いながら、軽やかな足取りで丘を駆け下りた。ニューヨークへ戻ろう。あそこが我が家だ。

いささか刺激的な行為だとは思ったが、ユンカー少佐は、マルダー装甲車をブロンクスの酒屋（リッカーストアー）の前に乗り付けた。本当は、戦車でもって乗り付けたいところだったが、地盤が抜ける恐れがあると抗議されたので止めた。

確かに、最初にここに乗り付けたあと、疑いようもなく道路が陥没（かんぼつ）していた。それも相当に。きっと住民にしてみれば、戦車部隊は疫病神（やくびょうがみ）にしか思えなかったに違いない。勇躍支援物資を抱え、治安を回復すると乗り込んできたＮＡＴＯ軍が、感染者を出した途端に、荷物をまとめて撤収したのだから。

前回、少佐は簡易マスクをしただけで、このビルに入って行ったが、今回は違った。全身をNBC防護服で包んでいた。

酒屋の真ん前に、五階建ての古いビルが建っていた。エレベータはあったが、この災難に見舞われるはるか以前から止まっていたようにしか見えなかった。

ここに〝マンハッタン・エイド〟の本部があった。階段を歩いて五階に上がると、揃いの蛍光グリーンのダウンベストを着た男女が二〇名前後、働いていた。

異様な出で立ちのユンカー少佐に皆一瞬顔を上げたが、少し嘲笑うような感じですぐそれぞれの作業に戻った。

「ようこそ、少佐！　また会えて嬉しいよ」

がっしりとした体格の男が握手を求めてきた。マンハッタン・エイドを代表するニック・ウルジーで、妻のマーガレットは下院議員として今カリブ海上にいた。

ウルジーは、顔面から手の甲に至るまで、見事な痘痕があった。まるで全身にタトゥーを入れたようだった。最初に見た時は、さすがにショックだったが、今はもう慣れた。

このウイルスの致死性は極めて高かったが、それでも一〇人に一人は助かる。ウルジーもそんな一人だった。

「少佐、この前は、本当に挨拶だけで帰られて、そのあと撤退されたんで、ちょっとショックでしたよ。まずはほんのご挨拶、と言っていたのが本当になってしまった」

「申し訳ありません。まさかこんな状況になるとは思ってもみなくて」

「殉職された兵士のご遺族に哀悼の意を表します。私のことは、ニックと呼んで下さい。ぜひあなたとは仲良くなりたい」

ニックは、少佐を壁際の乱雑なテーブルを椅子代わりに座らせた。少佐のこの格好では、ソファの類があってもとても座れたもんじゃなかった。

ニック・ウルジーは、まるでフットボール選手並みの体格だった。この状況下で痩せてはいたが、それでも太い首に、刈り上げた頭でマッチョなイメージがあった。社交的な性格で、この手のボランティア集団を指揮するには格好の人材に見えた。

「私の声は聞こえていますね？」

「ええ。でも逆に自分の声がそちらに伝わっているのかが心配です」

ニックはもう感染する危険はなかったのでマスクはしていなかった。

「大丈夫ですよ。聞こえています。われわれも最初の頃は戸惑いましたけれどね、さすがに慣れた」

「あなたはもう全く感染の危険はないのですか？」

「いや、西海岸で流行った薬剤耐性を持つウイルスには感染するリスクがあるらしい。ただそれでも、そんなに重篤な状態に陥ることはないと聞いているが」

「戦場ですな、ここは……」

「その通り。ここをビッグホーン砦と呼んでいる連中もいるくらいでね、でも私はカスター将軍のように全滅する気はない。少佐のそのマスクのフィルターはあと何時間交換せずに持つ？」

「二時間は大丈夫です。ただ、その前に熱が籠もるんで、そっちでダウンしますけどね」

「じゃあ、手短に説明しよう。ビリー！　例の色分けした勢力地図を持ってきてくれ」

青年と言うより、まだ少年という面影の男が、皺が寄った地図を持ってきてテーブルに広げた。ニューヨークが、綺麗に、しかし複雑に色分けされている。鉛筆の説明書き部分は何度も書き直された跡があった。

「外国人はあまりこのブロンクスに良いイメージを持っていないようだが、ここもだいぶ変わったよ。地道なクリーンナップ作戦が成果を出している。君が今いる所はここ、動物園がランドマークになる。動物は、とうに住民の胃袋に収まった。それほど過酷でね。そして南へ下るとセントラル・パーク、観光客御用達の五番街、ビジネス街、国連センター、そして海となる。それぞれ、小規模なギャング集団が覇権を争っている。残念だが、われわれには彼らを黙らせるほどの力はない。この建物自体は武装したボランティアで守っているが、われわれが補給物資を持って外出する時には、非武装だ」

「よく襲われませんね？」

「過去に一度あった。荷車が襲撃され、隊員一人が死んだ。襲撃したギャング団は、その日のうちに、隣近所のギャング団から包囲されて全滅。荷物は倍になってわれわれの手元に返ってきた。彼らにも仁義はあるのさ。以降、われわれが襲撃されたことはない。だが、連中のことを快く思っているわけじゃない。奴らは、われわれが配った補給物資を、税金と称して四割を供出させている。それを武器代金として流用するんだ。全くバカバカしいことだよ。武器は、民兵やギャングが抑えている橋やトンネルを伝ってニューヨークに入ってくる。その代わりに、支援物資が代金として支払われて外へ出て行くという仕組みだ」

「うまく出来ている」

「ああ、全く。資本主義は道を探すというやつさ」

「われわれがやるべきことは何だと思います

か？」

「三つある。第一に治安回復と維持。第二に、支援物資の搬入、第三に、患者の隔離と搬送。どれも重要だし、どれかひとつ欠けてもニューヨークの平和を回復することは出来ないだろう」

「われわれの兵力は限られています。そう大規模な展開は出来ない」

「私は軍隊経験がないので素人のアイディアと笑い飛ばしてもらって良い。ひとつ考えたんだが、効率よく南から占領解放して行くというのはどうだろう？　最南端のバッテリー・パークに部隊を集結させ、ロウアー・マンハッタン、ソーホー、ヴィレッジと、ビルを一つ一つクリアにしながら東西に張ったラインを北部へと押し上げてゆく」

「なるほど。いくつか問題があります。たとえば、われわれがクリアしたエリアから銃器を一掃できない。たぶん住民らは銃だけは隠し通すでしょう。われわれがそのラインを押し上げ、部隊と共に移動したあとで、また新たなギャング集団が旗揚げする危険がある。もう一つは、島の南には、お隣と結ぶトンネルや橋が多すぎる。それらを全(すべ)て維持するような兵力はありません。今でも、ジョージ・ワシントン橋の警備に二個小隊を割(さ)かざるを得ない状況でして、これだけで大打撃です」

「まあ、橋の防衛くらい、住民からボランティアを募れば良いが……」

「私のアイディアを聞いて下さい。セントラル・パークを境にして、線を引くのです。東西に分けるか南北に分けるかはひとまずおいて、セキュリティ・エリア、感染エリア、そのどちらにも属さないバッファゾーンを設ければどうかと考えています。それで、島の南部にいる人々を徐々に北へと移動させる。もちろん、トンネルや橋は何らかの方法で封鎖するしかありませんが」

「そうするのであれば、セントラル・パークを中心に東西に分けるべきだな。風は西風が大半だから、感染者は、公園の東側へ隔離、バッファゾーンにいる避難民は、検疫期間が終えたら北へ少しずつ移動する」

「なるほど、それが良いと思います。もう少し詳細に詰めましょう。ひとつお願いがあるんですが、ある少年少女の集団を探しています。われわれがジョージ・ワシントン橋を渡った時、こっちから対岸へと歩いていた、一二人の集団です」

「子どもたちもいっぱい生き残ったからなぁ……。ただ、子どもたちだけのグループというのは聞いたことがない。何か事情でも？」

「自分たちには感染しないと言っていた。現にマスクらしいマスクもしていなかった。研究者グループが、その秘密を知りたがっている」

「全く感染しない連中も確かにいますよ。特異体質なのか、他の既往症が発症を防いでいるのかは知りませんが。川向こうのボランティア・グループとも付き合いはあるから、無線で尋ねてみます。ただ、あまり期待しない方が良いと思いますよ。それで何か秘密がわかるとは思えない」

　ニックは、呼吸音が気になったらしく、「まるでダースベーダーだ」と笑った。

「そうなんですよ。この装備が行き渡った時は、部隊内でダースベーダーごっこが流行ったんですけどね、半日で皆飽きた。シャレにならんほど苦痛ですから」

「では、今日はこの辺りで切り上げましょう。インターネットのテレビ回線網を整備して下さい。ベースキャンプの陽圧ルームに籠もって、素顔でテレビ会談した方が楽でしょう」

「良いアイディアです。ここの電力はどうやって？」

部屋には明かりが点り、パソコンも動いていた。

「まだ都市機能が維持されていた頃、太陽光発電システムを抑えたおかげです」

少佐は、一瞬よろめきながら腰を上げた。たぶん、部屋に暖房が入っているせいだ。

「ところで、米軍はどこにいるんですか？」

「そりゃまた核心を衝いた質問で。どこにいるのか……。カリブ海上の妻とは毎日無線でやりとりしている。彼女は軍の一応の配置も聞いているようだが、少なくともこの近辺にはいないらしい。もっと南部の暖かい、助かる可能性のあるエリアに集中していると聞いたが。実際、秋に入ったら、みんな南へ逃げたからな、フロリダやテキサス辺りは避難民で溢れている」

「どうしてあなたはここに踏み止まったんですか？　奥様とご一緒できたはずなのに」

「ま、私ゃ生粋のニューヨークっ子なんでね、この街に留まることが自分の運命だと思った。そういうことかな」

少佐は、部屋を出ると「冷静に、冷静に……」と呟きながら階段をゆっくりと下りた。こんな所で気絶でもしたらみっともない。NBC防護服のあまりの息苦しさに、任務の最中に気絶する兵士が続出していた。みっともないばかりか、気道を確保するために危険エリアでマスクを脱がせる必要があり、感染リスクを著しく高める。

ここでは、気絶は、即、感染を意味した。煮えたぎる戦車のコクピットで砂漠を進軍する方がまだましだと皆が囁いていた。

Chapter 4 フォローアップ

　ロングアイランドのドイツ軍本部補給ベースを飛び立った二機のMBB105ヘリは、マンハッタン島を迂回（うかい）して西へ飛ぶと、ルート80を横断し、ニュージャージーの湿地帯を思わせるような湖が連なるエリアへと入った。

　FAVに配属されてまだ一年にも満たないアイリーン・リー大尉が、後部キャビンから眼下を見下ろし、市街地図の一点を指さして、間もなくだと告げた。

　以前は、患者を目の前にしただけで顔が青ざめていたが、さすがにもう慣れた様子で、度胸も据わってきた。先月、大尉に昇進した。彼女のキャリアなら、あと一年半は待たされる所だったが、人材不足の今は出世が早い。ただし、今の彼女にはその資格があると誰しもが認めていた。

　FAVを司法権力の面からサポートするのはFBIで、ロナルド・マンキューソ捜査官が派遣され、現場を仕切っていた。黒人男性、マイホーム・パパで、幸い彼の家族は、危機直後の政府職員避難プログラムで、初期に安全地帯に脱出して難を逃れた。もともとは、専門の捜査官が怪我で一線を離れていた時のパートタイムだったが、何の因果か、患者ゼロ号（ペイシェント・ゼロ）の発見からずっとこの災難に付き合っている。FBIというより、どこかの地方警察の人の良い刑事（デカ）という感じだった。

　エリカ・ローランサン中佐は、初めての野戦任務で少し怯（おび）えていた。彼らは、いささか面倒なルートでロングアイランドまでたどり着いた。まず自衛隊の輸送機でカナダ中央のウイニペグへ飛び、ホープ・プロジェクトの補給機に乗り換え、さらにモントリオールへ飛んだ。そこでドイツ空軍の輸送機に乗り換えて、やっとロングアイラン

INTERSTATE
NEW JERSEY
80

ドに到着した。全行程で一昼夜を要した。

ホワイトハウスを刺激しないため、わざわざそういうルートを取ったのだ。二番機に搭乗する護衛の六名の兵士もドイツ陸軍から提供された。

雲が低く垂れ込めている。雨か雪になりそうな気配だった。この災難のために、この国では地上の観測機器をメンテナンスする者がいなくなった。アメリカ海洋大気庁(NOAA)の職員は、オーストラリアに脱出し、そこで衛星画像を受信して天気予報を出していた。

ヘリが高度を落とし始める。眼下でレッドフレアが焚(た)かれているのがわかった。オレンジに着色された弱々しい煙の帯が、上空へと伸びていた。

スーパーマーケットの駐車場は二機が降りるには狭く、道路上に着陸した。

ＦＡＶチームは、互いの防毒マスクを確認し合い、一人ずつキャビンを降りた。もし防護服が何かに引っかかって破れでもしたら、そのまま陰圧コンテナに収容されて三週間の検疫(けんえき)休暇となる。東海岸では、まだそのルールが適用されていた。

エンジンを回したままの機体から降りると、自転車に乗った男性二人が近づいてきて止まった。

マンキューソ捜査官が歩み出て、「ＦＢＩのマンキューソだ。ボイド君はどっちだ？」と尋ねた。

「自分が、〝ニュージャージー・ホーム〟のエリア・チーフを務めるジョン・ボイドで、こっちが、少年らと接触したタレン・マグレアです。伝えられたとおり、われわれはスーパーマーケットには入っていません。彼らが間違いなくここにいた形跡は確認できました」

「ありがとう、君らそんな軽装で感染しないのか？」

簡易マスク一つ口元に宛(あてが)っているだけだ。

「運不運ですね。人口がガタ減りしてからは、この辺りの感染率も急速に下がった。そんな大げさな格好は、マンハッタン島の中ならともかく、ここでは必要ない。しかし野犬の群れには注意して下さい。正直、われわれも手を焼いている」

「案内してくれ。お礼と言っては何だが、乾パンと医薬品を一〇〇キロほど持って来た。受け取ってほしい」

二人の視線は、兵士が降ろしたダンボール箱に行っていた。目が輝いていた。

路上から一〇〇メートルほど歩いてスーパーマーケットにたどり着く頃には、もう野犬に囲まれていた。

一行は、店を一周したあと、入り口で、野犬を捌いた跡らしい状況を観察した。

「ドクター、犬って美味しいんですか?」

マンキューソが何気なく尋ねると、草鹿二佐は、いささかうんざりした顔で、韓国系のリー大尉の顔をマスク越しに見た。

「捜査官、日本人は犬は食べません。だからといって、韓国系のリー大尉に訊かないで下さいよ。あそこでも犬食を嫌う人々は多い。私だって、アメリカ人から鯨は美味いか？　と訊かれればいい気はしない」

「気にせんでくれ。中佐も大尉も。別に悪気はない。私もマイノリティだから、その手の民族の食習慣を軽蔑する気はないんだ。鯨は数が減っているし、ペットの犬を喰うのはどうかと思うけどなぁ……」

「さあ、中に入りましょう」

こういう所が、アメリカ人はちょっと鈍感だなと、草鹿はリーと視線を交わした。

中は、小綺麗に掃除されていた。おそらく子どもたちが、後から来る人々のことも考えて掃除したのだろうと思った。シーツや枕カバーまで洗って干してあった。肉を燻製にしたらしく、相当な量も干してある。

「この肉、もらって行って良いですかね？」

タレンが指で感触を確かめようとしたので、リー大尉が「触っちゃ駄目よ！」と制止した。

「少年少女が発症していなかったからと言って、彼らが保菌者でない保証はありません。ウイルスが付着している恐れがあります。あなた達は、一切この建物内のものに触らないで下さい。壁やドアノブを含めて」

中央のテーブルに近づくと、マンキューソが置いてあったノートブックを開いてパラパラ捲（めく）った。

「ああ、ここにしばらく立て籠（こ）もった住民の記録みたいだな……」

中を飛ばして最後の頁（ページ）を開いた。

「あった！　ここに一二人分の名前と、親族の連絡先が書いてある。中佐、日本人の名前もあるぞ！」

草鹿は、その頁を覗（のぞ）き込んだ。「ケンイチ・ソノダ。一二歳」とある。連絡先に電話番号はなかったが、「神奈川県茅ケ崎（ちがさき）市に祖父在住」とあった。

一二人それぞれの両親の命日と、なぜにここにいて、これからどこへ向かう予定かが書いてあった。

「なんてことだ……。あのニュースで東洋人がいることはわかっていたが……。日系人じゃなく日本人そのものだ。恵みの丘教会って、知ってる？」

草鹿は二人に訊いた。

「いやぁ、お隣のペンシルベニア州になるから……。向こうのボランティア・グループに無線で問い合わせてみますが、あの辺りは、聞いている限りでは、ほとんど人口はないはずです。みんな避難したあとで……」

マンキューソは、そのノートの全頁をデジタルカメラで撮影するよう部下に命じ、撤収作業に移った。ノートはここに置いていくのが礼儀だろうと思った。

「すまないが、ミスター・ボイド。彼らが引き返して来て、もしすれ違うようなことでもあったら、ここに留まるよう言ってくれ。全員を救出し、食糧もベッドもある安全な所に連れて行くからと」

「わかりました。この辺りをしばらく探してみますよ。どの道、どこへ行くにしても、天気が崩れそうだから、しばらくは動けないでしょう」

「そうであって欲しいが、あまり崩れるとヘリも飛べなくなる」

陽はすでに西へと傾いている。教会へたどり着いたら、彼らを運ぶ救援のヘリを呼んでただちに撤収しなければならないだろうと思った。

撤収作業は、大事（おおごと）だった。頭から洗浄液（せんじょう）を浴びた上で、掃除機を改造してつくった送風機でその洗浄液を吹き飛ばし、また洗浄液を浴び、乾かして、ようやっと機内に戻れる。

リー大尉に続いて、草鹿が除染作業を終えてキャビンに戻ると、リー大尉はマスクを脱ぎ、流れる涙を拭っていた。

「マリーのことか？……」

「ええ、あんまりだわ。たった八歳で身寄りもなく……」

連絡先には、ただ、ＰＵＳＡＮとあっただけだ。国名も、そこにどんな身寄りがいるかも書いてなかった。彼女の年齢では、釜山（プサン）という名を覚えるのが精いっぱいだったのだ。

「テレビのあのニュースでは、それほど東洋風の顔立ちじゃなかった。たぶんハーフかクォーターだろう」

「そう思います」

「大丈夫だ、大尉。一時間後には会える。そして連れて帰ろう」

ヘリは直ぐ離陸した。少年らがたどったと思われる道路沿いに低空で飛行する。彼らとすれ違うことはなく、教会にいるだろうことは間違いなかった。今にも陽が暮れようとしていた。

教会上空を旋回したが誰もいない。着陸できるような空間はことごとく墓地と化していたせいで、ヘリは、墓の盛り土の上空二メートルでホバリングし、隊員らは次々と地面に飛び降りた。

真新しい墓があり、十字架に名前が書いてあった。草鹿はそれを読んでがっくりした。

神父その人の墓だ。つい今朝、埋められたばかりだろうと思った。

教会の中に人の気配はなかったが、つい数時間前まで人間がいたことはわかった。暖炉の火は消えていたが、まだ熱が籠もっていたからだ。

マンキューソが、「こいつは私には読めないな？　漢字のようだから、中佐の役割かな……」とノートを、草鹿に渡した。

草鹿は、ペンライトの明かりでそのノートを読んだ。二〇秒も無駄にしなかった。

「エリカ！　パイロットに訊いてくれ。これからニュージャージーのスーパーマーケットに戻って、子どもたちを収容しロングアイランドまで帰投できるかと？」

最後の頁は、ケンイチ少年が、日本語と英語を織り交ぜて書いていた。自分が家族の愛に恵まれ、アメリカン・ライフを満喫したことが書かれている。もし死んだら、遺骨を日本に持ち帰るようなことはせず、お墓は両親と一緒にここアメリカに埋めてくれとあった。

助けてやるとも、必ず！……。自分の息子の顔が浮かんでだぶった。

草鹿は、そのノートをビニール袋に密封すると外に出た。ヘリは、丘を下ったウォルマートの駐車場に着陸している。

外でウォーキートーキーで話していたローランサン中佐が首を振った。

「無理だそうです。燃料はあるし、機体はだいぶ軽くなっているので、子どもを一機に六名ずつ詰め込む空間はあるけれど、時間と天候が問題です。仮に検疫措置を省いたとしても、われわれが離陸して、かつ彼らを発見するには運が良くても二時間はかかる。応援のヘリを呼んでも、その頃にはもう雨か雪が降り出している。飛行は危険だと」

「どうしてわれわれは彼らとすれ違えなかったんだろう？」

「別の道で帰ろうとしているんでしょう。最悪の場合、あのスーパーマーケットにはもう立ち寄らないかもしれない」

「ＦＢＩの見解は？」

マンキューソは、ひとつひとつ自分がポイントとする要素を指を折って説明した。

「ひとつ、俺たちは彼らとすれ違わなかった。ひとつ、彼らがあのスーパーマーケットに戻ってくるという保証はない。ひとつ、この暗がりで捜索するのは困難だ。いかに赤外線センサーがあっても、雨中では性能が落ちるだろう。ひとつ、万一発見した時に、ヘリの燃料が尽きたとして、彼らと一晩を共にするリスクは冒せない。われわれはこの格好じゃ一昼夜過ごせないからな。私としては、地元のボランティア団体に捜索を依頼するのがベストだと思う。それで見つかったら、明日の朝、迎えに出れば良い。支援物資とバーターなら、彼らは喜んで協力してくれるさ」

「じゃあ、それで行きましょう。いったんロングアイランドへ撤収し、明日の朝出直すということに」

部隊は、坂道を降り、再び除染措置を受けてからヘリに乗り込んだ。もう高度を落として飛んでも地表の人影を発見できる明るさではなかった。降り出した雨を弾きながら、ヘリは基地へと針路を取った。

エンジェルズの一二名は、往路とは別の道路を歩いていた。自分たちが野犬と格闘する羽目になった、あの場所を二度と通りたくはなかった。それに道を変えれば、野犬と出会わずに済むような気もした。

雨になったせいか、まだ野犬とは出くわさずに済んでいた。皆、支援物資のパラシュートを裁断して創ったポンチョを着て歩いていた。ニュージャージーのスーパーマーケットまでの最後の一時間は、みぞれ交じりの凍るような雨になった。

スーパーに誰かやって来て、入り口のドアを壊した形跡があった。

足跡を見て、ロバートが、「こりゃ軍隊だな……」と漏らした。

「ほら、足跡にソールの模様が全然ない。感染防止のオーバーシューズを履いていたんだろう。ボランティアはこんな面倒なことはしない」

「なんでだろうな。とにかく、ポンチョを干して、暖を取ろう。身体が冷え切っている」

「バスタブのお湯を沸かして良い？」

ビクトリアが言った。

「だって、水、足りる？」

「燻製だけだから、料理の必要はないし、今ここにだって何ガロンもの水がある。薪もあるから、間に合うんじゃないの。女の子が入る分には」

「じゃあ好きにして良いよ」

「女子から提案があるんですけれど、せめて、二日くらいここでゆっくりして行きたいわ。明日の朝急いで出発する必要もないでしょう。私たち、ここ三日間ずっと歩き詰めだったから、疲労が溜まっているわ」

「うん。それは俺も感じているけど、誰か異論のある者は？……」

みんな賛成だった。

「じゃあ、ここに二泊しよう。ただ、明後日には出発しないと、手持ちの食糧が底を突くからな」

ポンチョを脱いで、室内に張り巡らされたワイヤーに引っかけた。竈に火を起こして薪をくべると、やっと室内が明るくなる。同時に、野犬に備えて入り口の警備を再び固めた。

マルケスとカールが外を見張っていると、自転車のライトが近づいて来て一瞬緊張した。

相手は、軒先に自転車を止めると、マグライトで自分の顔を照らしながら「撃つなよ」と声を出した。

往路で、この場所を教えてくれたボランティアの青年だった。

「入らせてくれ。寒くてかなわないよ。それに、ほんのちょっとだが、食糧も持ってきた」

タレン・マグレアは、ザックから乾パンの非常食パックを出して掲げた。

「何かあったんですか？　ここ」

「ああ、あったもあったさ。今日は君らを捜してキリキリ舞だった。君らが探していた人は見つからなかったってこと？」

ピットは、青年を中に招き入れながら事情を話した。

「そりゃ残念だったな。だが、君らは幸運だったよ。明日の朝一番で、ま、天気が回復すればだろうが、ドイツ軍のヘリが君ら全員を迎えに来るはずだ。どこかで見慣れないずんぐりとしたヘリとすれ違わなかったかい？」

「ああ、確かに見た。形からＭＢＢのヘリだと直ぐわかったよ。でも俺たち、今日は野犬とすれ違いたくなかったから、道を数本ずらして歩いたんだよね」

「なるほど。ここを動かないで欲しいというのが彼らの要望だ」

「なんで俺たちだけ？……」

「さあ、君らテレビに映らなかったか？　橋を渡る時に」

「ドイツ軍の兵隊さんか記者さんがビデオ・カメラを回していたような記憶はあるけど……」

「それがテレビに流れてさ、きっとドイツ国内で、あの少年少女を捜して救出しろ！　とかの世論が盛り上がったんじゃない。まあ動機はどうでも良いさ。助かれば良い」

「信じて良いの⁉」トレイシーが叫んだ。

「もちろん！　ニュージャージー・ホームの名誉にかけて誓うよ」

ビクトリアとトレイシーが抱き合って喜んだ。

「天気が崩れても、俺たち、ここに二泊して休憩するつもりでしたから、待ちますよ、助けが来るまで」

「そうしてくれ。確か、迎えに来た軍隊の中には、日本人の医者もいたよ。どっちかというと医者の集団のような感じがしたな。全身防護服で顔はよく見えなかったけどさ」

マグレアは、上下の雨具を着たまま竈の火に当たり、身体を温める間、少年たちと談笑した。皆、自分たちの身に起こっている事態の変化を素直に喜んでいる感じで、トレイシーは、助かったら、まず、美容院に行って、ケーキをいっぱい食べて、ロンドンでロックコンサートを梯子（はしご）して……と、景気の良い話に夢中になっていた。

二〇分ほど世間話をしてから、マグレアは「じゃあな」と雨の中にまた自転車をこぎ出していった。

　自転車の灯火が完全に闇の中に消えるのを待って、「急げ！　出発準備だ」とピットが号令した。

「なんで⁉……」とトレイシーがきょとんとしている。

「わからないのか⁉　なんで軍隊が俺たちを必死に捜しているのか？　ジュリエットが目当てだ。ジュリエットだけじゃなく、あいつら、俺たちを捕まえたら、切り刻んで実験台にするつもりだぞ。噂じゃ、特効薬の研究に、身寄りのない人間を誘拐して、かかってもいない人間にウイルスを感染させてテストしているって言うからさ」

「あんなの嘘に決まっているじゃない」

「少しの犠牲で国全体が助かれば国民は許すさ。とにかく、荷物をまとめて、ここからなるべく離れよう。雨のうちに移動すれば、警察犬に臭いを追われなくても済む」

「じゃあ、あたしたち何のためにここに寄ったのよ⁉」

「燻製を回収できた。それに、たった今、乾パンも補充できた。立ち寄っただけの儲けはあったじゃん。俺たちはまだまだ恵まれているよ。追われながらも捕まらずに済む」

　みんな、荷ほどきした荷物を再びカートに放り込み、上から雨除けのテントをかけた。竈の火を消しながら、お湯で塩スープを作り、古いものから順に乾パンを食べた。

　さっきのあの青年は、本部に無線で連絡したはずだ。最悪の場合、軍はすぐ車を出してここまで来るかもしれない。三〇分以内に出発しようと皆で話し合った。

「さて、どっちへ行く？」

ボギーが忘れ物がないかカートの荷物をマグライトでチェックしながら言った。

「北は駄目だな。しばらくは人家が少ないから目立つ。南へ向かおう。数時間歩いたら、適当なアパートでも見つけて、そこで少し仮眠を取ろう。あるいは、昼間はそこで過ごして夜まで待つか。どっちにしても、もうジョージ・ワシントン橋は通れないだろうから、どこかソーホーの辺りで民兵に話を付けて渡してもらうしかない。マンハッタンに逃げ込めば、軍隊もそう簡単には身動きできないはずだ」

「それで良いと思う。マリー、ハルはもう乾いたかい？」

マリーは、ハルの濡れた毛を、竈の残り火に当てて指で梳いていた。

「うん、もう乾いたよ。良い匂いがするよ」

ピットは、そこに置かれたノートを一枚破り、「俺たちを捜すな、放っておいてくれ！」と一行、大きな字で認めた。

みぞれ交じりの雨は、雪に変わっていた。積もりそうな気配はまだなかったが、もし積もるようなら足跡をたどられる心配がある。急がねばならなかった。

半乾きで気持ち悪いがポンチョを羽織り、めいめい工夫した帽子を被る。鍔部分を広くし、雨が顔にかからないよう、アポロ・キャップやブッシユハットを工夫した帽子だった。

「最後尾は、カールとビットリオだ。暗いからいつもより距離を詰めて歩こう。ケリーは、マリーを乗せたカートを頼む。カートが前の人間に衝突しないよう気を付けてくれ。銃は、長物はしまって良いだろうな。こんな天気で襲ってくる盗賊がいるとも思えないし、野犬はハルが最初に気付く。よし、出発だ！」

エンジェルズは、一匹のコリー犬を従えて、雪の中を出発した。皆ひと塊になり、追われるように、早足で歩いた。

四時間、ぶっ通しで歩いた。途中、ほんの一〇分の休憩を挟んだだけだった。くたくただった。自分たちが今、どの辺りにいるのかも全くわからなかった。ただ確実なのは、コンパスに従い、南東を目指したというだけ。最後の一時間は、幹線を外れ、ひたすら細い道細い道へと入り込んだ。

たどり着いた所は、別荘地風のコテージが並ぶ高級住宅街で、家と家の間は鬱蒼とした森で遮られ、一〇〇メートル以上も離れていた。

そのうちの一軒、道路から三階部分が見える建物に入った。すでに略奪の限りを尽くされたあとで、家財道具は全くなく、窓もあちこち割られていた。皆、倒れるようにして、車寄せのある玄関から中に雪崩れ込んだ。

座り込んだままマグライトを点ける。

「すげぇな、この家。俺が住んでいたアパートの三倍は天井が高いぞ」

ケリーが驚いて言った。

女の子たちは、声も出ない程、疲れている様子だった。皆、ポンチョの下まで濡れ、身体は芯まで冷え切っていた。

壁に絵画がかけられていた跡があったが、もちろん中身はなかった。木枠だけが残されている。

「さあ、みんな、このまま寝込むわけにはいかないぞ。風邪をひく羽目になる。まず暖炉のある部屋を探そう。ビットリオとケンイチは、部屋をひとつずつ、上の階からチェックしてくれ。足下に気を付けてな。床が抜けているかもしれないから。俺たちはカートの荷物を中に入れ、暖炉を探す」

「煙突があったのは、確か左手だったよ」

ケンイチは、ビットリオと共にマグライトを持って上の階へと上った。豪華な螺旋階段だったが、手摺り部分は略奪されたあとだった。たぶん薪代わりに使われたのだろう。家主以外の誰かがしばらく勝手気ままに暮らしたような痕跡があった。

　窓ガラスは、ほとんど全てが割られている。三階部分も同様だった。

「なんでこう不必要に窓ガラスを全部割るんだろうな。押し入るだけなら一階の部屋の一枚を割るだけで済むのに」

　ビットリオが不思議そうに言った。外から容赦なく雪が吹き込んでくる。どの部屋も、とても住めそうには見えなかった。寝室のベッドも全て、持ち去られたあとだった。

「理由は二つ。金持ちへのただの腹いせで割られた。もう一つは、誰もここに住み込めないようにわざと割った。どっちへかける?」

「数学的考察を加えれば後者だな。自分がここに住めるかもしれないのに、腹いせだけで窓を割っていくのは合理的じゃない。火を点ければ済むことだからな」

「なるほど。ここの窓は見晴らしが良いから、見張りを置くには良いね」

「誰が張り番すんの……。みんなくたくただよ。今日は一五時間かそこいら歩きづめだった。しかも最後は雪の中。俺さぁ、北回りでの脱出も良いかなと思ってたけど、いざ歩いてみると御免だと思ったね。半日とて持ちやしない。あんなの零下二〇度に達する真冬に渡り切るなんて正気の沙汰じゃないよ」

「俺も同感。無理だね、あれ。ニューヨークに閉じ籠もっていた方がいいや」

　下へ降りると、大広間に暖炉があった。その部屋は無事だったが、薪を取るためにあちこちの装飾品や棚が剝がされていた。もちろん、少年たちもそれを見習った。プールを見渡す一面ガラスが割られていたせいで、暖かい空気を保てないことにやがて気付いた。幸い風は逆だったので雪が吹き込むことはなかったが、工夫する必要があった。結局、キッチンへと通じる観音開きのドアを開放し、暖まった空気の通り道を作ってキッチンの隣の廊下で寝ることにした。その態勢が整った時には午前二時を回っていた。

見張りは置かなかった。一時間おきに二人交代で暖炉の番をしただけだった。皆、抱き合って泥のように眠った。

翌朝、一晩降り続いた雪は雨に変わった。ヘリが飛べない程の天候ではなく、昼前にはその雨も上がると予報されていた。

子どもたちを収容するために、普段補給任務に就いているヘリも二機待機していた。FAVが少年らを確保したら、直ちに基地を離陸する手はずになっていた。

二機のMBBヘリは、昨日と同じメンバーを乗せて離陸した。マンハッタンを過ぎると、一面の銀世界だった。雪になっても積もらないという予報だったが、見事に裏切られた。

スーパーマーケットの上空でしばらく旋回したが、人が出てくる気配はなかった。護衛のヘリを上空で旋回させながら、ドクターチームだけが地上に降り立った。店の中は空っぽで、竈の上に置かれた鍋に冷えた水が入っているだけだった。

「やられたな……」

マンキューソ捜査官は、テーブル上の一枚のペーパーを掲げた。大きな字で、A4サイズの紙に目いっぱい大きな字で書かれていた。われわれを捜すなと。彼らの怒りがその筆致に出ていると草鹿は思った。

「ひょっとしたら、雪面に足跡があるかもしれない。その辺りを一周してくるよ」

マンキューソは、リー大尉を促して外に出た。草鹿は、エリカ・ローランサン中佐と共に中に残った。

彼らが他に何か忘れ物でもしていやしないかと、あちこちひっくり返して見た。

「エリカ、彼らは、何を恐れているんだろうな……」

「きっと実験台にされると思ったんじゃないの？ USAMRIIDなんて、その誤解が膨らんで焼き討ちに遭ったくらいですもの」

「君は彼らにどんな秘密があるんだと思う？」

ローランサン中佐は、ベッドのマットレスをいちいちひっくり返しながら喋った。草鹿は、部屋の片隅に寄せてある台所用品をチェックしながらだった。

「そうね。たぶん、何かの既往症患者がいるんでしょう。長期の感染患者かもしれない。たとえばエイズのような。黴の一種かもしれないわ。衛生状態が悪化しているから、皮膚病にかかっている人間は決して少なくないもの。全員がその疾患を持っていて、それが彼らを守っている。あるいは、一人が持っているけれど、常時、その感染源の脅威に晒されていることにより、この天然痘キメラ・ウイルスが顕在化しない。それが一番合理的な考えね」

「ああ、私もそう思うよ。それを彼らは、自分たちに取り憑いた神様か何かの仕業だと思い込んでいる。きっとそのツキを落としたくないんだろうな」

「私が彼女たちでも、そう思って逃げ回るかも。毎日注射で血を抜かれるよりは、ひもじい思いに耐えた方が楽だとでも思ったのでしょう。健気だけど、保護された方が助かる確率が高いことも理解させないと」

「方法を変えなきゃならんだろうな。ヘリを押し立てて捜しても、建物の影に隠れられちゃ発見は難しい。かと言って、ニューヨークに戻って来られてはなお発見が難しくなる。ドイツ軍部隊の支配エリアに帰ってくるかな。そしたら発見も容易になる」

「それはどうかしら。私たちが抑えているのは点であって面と言うにはほど遠いわ。でも不思議だと思わない？　ニューヨークに留まって、かつ生き延びている住民は、上を見ても二〇万人よ。ここアメリカで言ったら、ほんのスーパードーム二杯分の数じゃない。たったそれだけの人数に、満足に食糧も配れないって、何か根本的な誤りがあるのよ」

「その彼らが着の身着のままで、しかもそこで得た食糧を元手にして島外と物々交換のネットワークがあると思えば、いくら物資を与えようがブラックホールみたいなものだろう。まさに底なしだ」

マンキューソとリー大尉が帰ってきた。

「駄目だな。跡はたどれない。この鍋の水の冷え具合からしても、たぶん昨夜、ボランティアと接触してすぐここを出たんだろう。その頃はまだ雨模様で足跡も残らなかった。朝まで歩き通したとは思えない。足跡を残すことを嫌ったはずだからな。こいつら子どもにしては頭が良い。上空から捜してみても良いが、どうする？」

「無駄でしょう。たぶん。ただこの辺りは本当に人もいないし食糧も枯渇しているから、彼らはやはりニューヨークに戻るはずです。それに、もう二度とボランティア・グループと接触もしないでしょう。一応、ニュージャージー・ホームに警告を出して下さい。少年らを発見しても絶対に近寄らずに、われわれに報せてくれと」

「そうしよう。まあ、こういうこともあるさ。それだけ奴らは元気だってことだ。気を落とさずに腰を据えて捜そう。ニューヨークでだって、ドクターに出来る仕事は山程あるだろうからさ」

草鹿は、その通りだと頷いた。彼らはいずれニューヨークに帰ってくる。生き残った子どもは少ない。そのうち、必ず巡り会えると思った。リー大尉は、ひどく意気消沈していたが、ジタバタしてもどうにもならないことはある。


エンジェルズの一団は、陽が昇ってから、改めてその広大な屋敷を捜索してみたが、彼らが利用できそうなものは全く残されてはいなかった。バスルームの金の蛇口すらなくなっていた。十数回も略奪に遭うと、家もこんな状態になるという見本のように思えた。

ただし、住んでいた住人のことはわかった。ウォール街のトレーダーだったらしく、引き出しに残されたダイレクトメールから、ここの住所もわかった。ウォール街に車で通える距離なら、ニューヨークに歩いて帰れる。

お昼前、雨が上がるのを待ってみんなで三階に上がった。その高級住宅街を一望できる高さだった。

「うちの親父さ、こういう家を買って、日本から爺さん婆さんを迎えるのが夢だったんだよね。儚い夢だったけどさ」

ケンイチが言った。

「こんなの不便だよ。コンビニもパソコン・ショップも遠い。学校なんて車の送り迎えがなきゃ絶対通えないよ。スクールバスなんて来てくれないだろう」

ケリーが至極もっともな感想を漏らした。

「それで、みんなどうしようか？……」

ピットがみんなに出発の意思確認を求めた。

「なんだか空を飛んでいる飛行機がみんな俺たちを捜しているように見えてさ、この雨のおかげで積もった雪はだいたい消えたけど、これからはボランティアの連中にも警戒しなきゃならなくなった。それで、俺としては、夕方までここに留まることを提案したい」

「移動は夜？」

とトレイシーが訊いた。

「うん。ただ、マンハッタンへ渡るのをいつにするかはまだ考えていない。南の方の橋を牛耳っている連中がどの程度、交渉に応じてくれるかもわからないからな」

「南の方は、こちら側もだいぶ人が住んでいる。あまり長居は出来ないぞ。軍に情報を売る連中も出てくるだろうから」

「そうなんだ。そのこともある。もし今日の昼間休憩するとなったら、その間にあれこれ考えてみるけどさ」

「じゃあ決まりね。ここにもバスタブがあるからお湯を沸かせるわ」

「そればっかだなぁ……、女の子は。じゃあそういうことで、引き続き警戒しながら、夜まで寝て過ごそう」

ピットは、ふうーっと溜息を漏らした。これまでは、ただ盗賊だの民兵だの野犬だのにだけ気を付けていれば良かったのに、今は、軍隊にも気を付けなければならない。自分たちを捜しているのがどうして米軍でなくドイツ軍なのかも気になったが、ヘリまで繰り出す大人から逃げ続けるのは大事だ。昨日から、ジュリエットは酷く怯えていた。ほとんど一言も口を開かなかった。

監視役のボギーとビットを残して全員が部屋を出て行く。ピットは、ビクトリアの肩をツンツンとつついて呼び止めた。

「何？」

「ジュリエットのことだ。元気がない」

「わかっているわよ。誰だって、自分が軍隊の実験台になるとわかれば恐ろしいでしょう。でも私たちに任せて頂戴。あなたはチーム全体のことを考えていれば良いの。ジュリエットなら大丈夫よ。怯えてはいるけれど、いざとなったら、眼から炎を出して口から冷気を吹いて敵をビューーッ！よ」

「Xメンの見過ぎだな……。とにかく頼むよ」

そう言えば、もう長いこと映画を観ていなかった。最後に観た映画は、一時的に避難していた学校の体育館で観させられたディズニーのアニメだった。あの頃はもう、同じクラスでも半分は家族を失い、実際に学校までたどり着けたのは三分の一に過ぎなかった。それから、櫛の歯が欠けるように教師も発病し、住民ボランティアからの食糧の配給も途絶えて、結局は皆散り散りになった。

またみんなで映画を観られる日が来るだろうかとピットは思った。親父は、ああいう椅子に座ったっきりの娯楽は好きじゃなかった。その代わり、部隊から帰った時は、それが平日だろうとおかまいなしに、マウンテン・バイクを車に積んで山へ入った。

両親のいた、あの幸せな日々はもう戻らない。仲間の、誰にも戻ってこない。親も兄弟も失い、みんなひとりぼっちなのだ。

この一二人の家族を守らなければならない。相手がウイルスだろうと民兵だろうとギャングだろうと軍隊だろうと、今の幸せを他人に邪魔させるつもりはなかった。

合衆国国防長官のロバート・スコットは、ＮＯＲＡＤの指揮官クラスと昼食を共にしていた。昼食と言っても、新鮮なものはほとんどない。全てフリーズドライ食品で、あけてもくれてもポテトばかりだった。平素のＮＯＲＡＤには、隊員が半年から一年食べる程度の食糧が備蓄されているが、今は平時の三倍の士官下士官、そして海兵隊が立て籠もっていた。

備蓄食糧を喰い潰(つぶ)さないよう、補給は小刻みにカリブ海上の艦隊から届いていたが、それも、ＷＡＡが独立宣言し、空路の補給路を遮断(しゃだん)されて以来途絶えていた。

ポテト攻めは、しかしましな方だった。一歩基地の外へ出れば、「食糧をよこせ！」とプラカードを掲げた住民たちがピケを張っている。彼らが置かれた食糧事情は、北朝鮮以下だった。

出来れば、基地の物資を供出したいが、一度それをやると数万の群衆がこの基地に殺到することになる。一〇〇人、二〇〇人ならどうにかなるが、千人となるともう手に負えなかった。

海兵隊の精鋭特殊部隊として知られる武力偵察(フォース・リーコン)部隊を率いるブレッド・ノートン少佐は、ジーンズにオーバーオールという私服姿で現れた。彼らは、住民が知らない秘密の地下トンネルを出入りし、シャイアン・マウンテンの麓(ふもと)の外周部での偵察活動を主任務にしていた。住民の一員として行動するため、民兵を装(よそお)い、もっぱらバイクや自転車で移動していた。

住民を手なずけるために、実際に民兵としての活動も行っていた。食糧を分け与えたり、ライバルの民兵組織を脅(おど)すこともあったし、もちろん住民と接する時には、「そのうち、NORADをぶっ潰すチャンスもあるさ」と同調することも忘れなかった。

　ノートン少佐は、酷くやつれて見えた。実際には、食べるものは食べていたが、彼らだけ元気だと住民から怪しまれるため、特殊メイキャップでやつれた感じを演出していた。

「来ました。カリフォルニア軍団です――」

　指揮官全員に緊張が走り、「遂(つい)に来たか……」という顔で食事の手を止めた。

「ユタを抜け、すでにコロラド州に入りました。70号線を東へ進み、グランド・ジャンクションで二手に分かれました。一隊はそのまま70号線を、もう一隊は南へのルートを通り、デルタ、モントローゼを経由して50号線を東へ向かう模様です。すでに、モントローゼ空港に先遣隊が空路到着し、住民らに支援物資を配っている模様です」

「どっちが本隊だ？」

　宇宙軍を率いるジョーダン・スターライン空軍大将が尋ねた。

「現時点では何とも言えません。規模としては、二個機甲師団程度。M‐1タンクが下を見ても二〇〇両はいます」

「二〇〇両⁉……二〇〇両の間違いじゃないのか？」

「いえ。そのくらいはいます。上空は戦闘機が舞い、防空部隊も随伴しています」

「われわれには英国空軍のユーロ・タイフーンがある」

　将軍は、末席に座るナタリー・クリッハム英国陸軍中佐を顧(かえり)みた。

「最終的には、ここを守るのが英国空軍の使命ですから、もちろんわれわれは全力を尽くします」

「頼もしい言葉だ。しかし遺憾ながらメッツェン中佐、ドイツの機甲師団は間に合わない様子だな。ニューヨークなど死んだ街だ。放っておけば良いものを。ホワイトハウスがくだらん面子にこだわるから」

将軍は、ドイツ国防軍から派遣されている連絡将校を睨んで言った。

「どのくらいで到着する？」

スコット国防長官が、その皮肉を無視してノートン少佐に質した。

「燃料補給の必要もあるでしょうから……、しかし最短では今夕ということになろうかと。相当飛ばしている様子です。まるでイラク侵攻時のわれわれを真似ているみたいです」

「そいつはまずいな……」

スコットは右手で眉毛をかいた。

「唯一の出入り口の外では、住民らがピケを張って通せんぼをしている。彼らを巻き添えにすることになるぞ。避難勧告を出さねばならん」

「彼らは信じませんよ。きっと道を開けさせるための偽情報と思うはずです」

「だが、挟み撃ちにされたら、こんな山岳地帯では逃げ場がないぞ。オーウェン大佐、今の人数を抱え込むとして、補給なしにどの程度持ちこたえられる？」

長官は、兵站部門を預かるコートニー・オーウェン大佐に質した。

「二ヶ月は十分持ちこたえられます。水も食糧も、粗食の度合いがさらに酷くなりますが、それでも外の住民よりは遥かにましです。ただひとつの問題点は酸素です。原潜の酸素発生器を流用したシステムがありますが、これはあくまでも原子炉での運用が前提で、われわれが持っているのはいわゆる原子力電池を動力源とするバッテリー式の酸素発生器です。この基地の人員分はとてもまかない切れません。もしすべての空気取り入れ口が敵の手に堕ちたら、一週間で酸素不足に陥るでしょう」

「必要人数まで減らせば酸素の問題も、人間が出す炭酸ガスの問題もクリアできると考えて良いな？」

「はい。その状態だと半年は十分粘れます。秋の訪れまでここに籠もれるでしょう」

「では、〝エクソダス・プランβ〟を実行しよう。異論がある者は？」

「ちょっと待ってください……」

メッツェン中佐が異議を唱えた。

「立て籠もると言っても、何の意味があるんですか？　われわれがいなくても、核戦力は機能する。逆に、われわれが立て籠もることによって、いったい何が達成されるのですか？　情報からも遮断され、われわれがここで暮らすことの意義は何ですか？」

「通信は遮断はされないんだ、中佐。われわれはソヴィエト軍のコマンドに襲撃されることを想定して、十重二十重の安全策を講じた。アッカーマン将軍は、その隠れトンネルやパイプの大部分を探し出すだろうが、しかしすべてを暴くのは物理的に無理だ。アンテナ線の一本も地表にあれば、われわれは外部と連絡を取れる」

スターライン将軍が自信ありげに説明した。

「まあ、中佐。これは、政治的なメッセージだよ。われわれがここに立て籠もっているという事実が、ホワイトハウスや、弱気になっている東部議員連盟を勇気づける。軍は完全に機能し、西部の独立派と闘っているというメッセージを国民に送ることが出来る。そういうことだ。言うまでもなく、君たち二人はオブザーバーだ。β要員からは外される。胸を張ってここを脱出し、敵の追っ手が追いつかない内に州を出てくれ。君らはここの内情を知っている。敵の捕虜（ほりょ）になって欲しくはない。クリッハム中佐、地中貫通爆弾（バンカーバスター）は間違いなく用意できたんだな？」

「はい。聞いたところでは、ユーロ・タイフーンでは搭載できない大きさなので、他の手段で運ぶとのことです。おそらくハーキュリーズで運ぶのではと」

「われわれは仕かけた爆弾ですべての出入り口を封鎖できるつもりでいるが、失敗した場合は、君たちが頼りだ。一人でも多くの敵を巻き込んで破壊してもらいたい。では、脱出組の部隊は、参謀長のバドチェンコ少将が指揮を執（と）るということでよろしいな？　外には殺気だった住民がいて、バスやトラックの数も足りないが、一人でも多くの兵士を数マイルでも遠くに避難させてくれ」

「気乗りしませんが、全力を尽くします。反撃部隊が編成される時には、真っ先に駆けつけますので」

　副官が入ってきて、スコットに耳打ちし、引き出しの中から電話機を出した。

「諸君、サカイから電話だそうだ。おそらくは投降の勧告だろう」

　スコットは、みんなの反応を楽しんでからゆっくりと受話器を取った。

「ハロー、トム。こちらはスコットだ」

「久しぶりだ、ロバート。元気そうな君の声を聞けて嬉しいよ。昼食時を邪魔したのでなければ良いが……」

「邪魔してくれて大いに結構だよ。朝昼晩、代わり映（ば）えのしないポテト料理だ。この災厄（さいやく）が終わったら、空軍の将軍連中とポテト料理のレシピを書いて出版しようと話し合っているんだ。きっと百科事典並みの分厚さになるぞ。いつか君が、冷えたフルーツや、ワインで煮込んだロブスターでも持って来てくれるんじゃないかと期待していたんだがね」

「もちろん、君が僕の言うことをほんの少し聞いてくれれば、隊員分の豪華料理をシェフ付きで空輸するとも。もう気づいていると思うが、アッカーマンがそちらへ向かっている。自ら陣頭指揮を執っているよ。君は何か彼の機嫌を損ねるようなことでもしたかね？」

「その記憶はないな。確か、政治的発言の多すぎる彼の早期退役手続きを命じたのは私の前任者だったと思うが」

「将軍からのメッセージだ。夕方まで待つから、今夜中に兵を基地施設から出し、平和的にそこを明け渡せと。兵士には暖かい食事と安全な環境を提供する。それは私も約束するよ。どうかね？われわれは犠牲を払いすぎた。これ以上、内戦じみた行為で兵を死なせることはない」

「同感だ。ここを明け渡す気はないが、兵の九割は脱出させる。君らが人道的に扱ってくれることを祈るよ」

「ロバート。君はお国のために体の半分を失った。私も、国に忠誠を尽くすことの意味を知っている。馬鹿げていると思わないか？　私は、アッカーマンが、たかが軍の象徴に過ぎないＮＯＲＡＤの制圧に固執していることを馬鹿げていると思うが、何しろ彼も聞く耳を持たない。もし君がそこに立て籠もるというのであれば、私は救出チームを送り込むぞ」

「厚意には感謝するが、かまわないでくれトム。私も君も十分すぎるほど国に尽くした。自分の最期くらい自分で決めさせてくれ」

「わかった。だが私は諦めないぞ。君の無事を祈っているし、救出に全力を尽くす」

「ありがとう、元気でな――」

スコットは、受話器を戻すと、瞳を潤ませ、しばらくして「一人にしてくれ」と告げた。

ロバート・スコットとトーマス・サカイの劇的な出会いは、軍では知らぬ者はいなかった。

戦友を助けるために地雷原に飛び込み、四肢を吹き飛ばされたスコットがサイゴンの病院に担ぎ込まれた時、たまたま他の取材で病院にいたサカイがそれを星条旗新聞の記事にし、軍も世論も一気に反戦へ傾くきっかけを作った。二人の友情はそれ以来だった。

全員が食事を切り上げ、厳粛な面持ちで席を外した。

メッツェン中佐は、足早に歩くクリッハム中佐をトンネルの中で追いかけ、「どうする?」と話しかけた。

「あなたは避難して下さい。英米は一心同体です。私がここを退くわけにはいきません。空軍部隊を誘導する任務もある」

ナタリーは、氷のような冷静さで言った。

「半年間、籠もれるなんて言っているが、どう考えても馬鹿げている。自ら出入り口を爆破して、中で火災でも発生したらあっという間に有毒ガスで窒息死だぞ」

「そうならないことを祈るけれど、とにかく、選択の余地はありません。いざという時は、長官と運命を共にしろという命令です」

「誰の?　女王陛下のか?」

「上官の命令は国王陛下の命令。それが英国軍のモットーです」

「ばかばかしい……。僕は脱出させてもらうよ」

「そうして下さい。誰も私のことなんか誉めないし、同様にあなたを責める者もいないわ。二千名近い兵士が一緒にここを退避するんですから」

メッツェン中佐は、脱出する旨を本国に報せるために、通信室へと急いだ。この連中はどうかしていると思った。今や何の戦略的要素もないこの基地を巡って同胞同士で殺し合おうと言うのだ。かつての東西ドイツみたいなものだ。この連中は、かつて南北戦争で殺し合った記憶をもう完全に失ったに違いないと思った。

ドーム型のトンネルの入り口でサイレンが鳴り響き、退避命令を告げていた。ピケを張っていた住民らが一瞬ざわついたが、道を空けるようなことはしなかった。

Chapter 5

サイド・ビジネス

エンジェルズの一二人は、夕方になってから出発した。飛行機のエンジン音がしたらすぐに物陰へ隠れるようにした。マンハッタンへの足がかりになるニューアークに入ったのはもう深夜一二時を回っていた。マリーは、カートのシート部分にちょこんと座り、毛布にくるまって眠っていた。

周囲の注意を引かないよう、皆、無言のまま歩いた。ライトも消していた。雲が出ていたせいで月明かりは全くなかったが、夜目でどうにか転ばずに歩けた。ずっと78号線沿いに歩いた。ニューアーク空港辺りまで来ると、ポツポツとテントの明かりを見ることが出来た。

確かニューアーク空港には、軍がしばらく補給基地を置いていたが、やがてここに運び込む物資が枯渇し、冬を迎える前に早々と撤収した。今は、住民らが自警団を結成して空港内にサンクチュアリを作っていた。

暮らしやすいサンクチュアリだという噂は聞いてなかった。物資が少なすぎるせいで、サンクチュアリの中で略奪行為が横行し、盗賊にとってのサンクチュアリだという陰口が囁かれていた。

ニューアーク湾にかかる橋を渡り、午前三時頃、ジャージー・シティに着いた。ハドソン川さえ渡ればマンハッタン島だが、ハドソン川は、島の反対側のイースト川ほど、トンネルや橋が多くない。ここからさらに北上しなければ向こうに渡る術はなさそうだった。護岸沿いをホーランド・トンネルを目指して歩いていると、艀のエンジン音が聞こえてきた。

この辺りに、夜間、人や物資を移送する闇の艀業者が暗躍するという噂は聞いていたし、彼らが根城とする北の方でも、時々、夜間にエンジン音が聞こえることがあった。

彼らは島のギャングと示し合わせ、物資や、時には人を往来させる。完全に組織犯罪に組み込まれているので、普通の避難民が彼らと接触して乗せてもらうのは無理だとのことだった。

艀は、ちょうど対岸からこちらへ向かってくるところらしかった。

「ちょっと覗(のぞ)いてみないか？　男だけで」

ボギーが提案した。

「気が進まないな。女の子がいるんだ。最悪、明後日の方角に接舷(せつげん)して、女の子だけ売り飛ばされるってことになりかねないぞ」

「だから俺たちだけでさ」

「男たちだけで渡るわけにもいかないだろう。俺、一度艀の受け渡しを目撃したことがあったけど、凄(すご)い重武装だったよ。橋かトンネルを目指そう」

そのまま歩き続けると、珍しくジュリエットが「行ってみようよ」と口を開いた。

「きっと、安全なはずよ」とも言った。

「本当に？　ジュリエット。熱はないだろうな」

「そんな感じがするの。強く感じるわ」

ジュリエットが何かを予言することは滅多(めった)にない。肝心な時にはだいたいいつも「わからない」を繰り返す。しかし、たまの予言が外れたことはほとんどなかった。

「よし、じゃあ、行ってみよう。何とかなるってことだろう」

艀が向かっている護岸の辺りに、空の荷車を数台引いた集団がいた。案の定、銃で武装している。ギャング集団に違いなかった。

そのうちの二人が銃を向け、一〇メートルほどの所で、「そこで止まれ」と命じた。

「今すぐここから引き返せ。子どもでも容赦(ようしゃ)はしないぞ」

暗闇のせいで、顔はほとんど見えない。

「あの……、あの艀、また向こうへ渡るんでしょう？　もし余裕があったら、俺たちを乗せて欲しいんですけど？」

ピットは、恐ろしさに口の乾きを憶えながら喋った。

「渡る？　残念だが、こいつはロングアイランドに渡る便じゃない。ま、向こうに渡ったからってたいして物資があるわけじゃないがな」

「いえ、そうじゃなくて、マンハッタン島に渡りたいんです？」

「正気か？　あそこの汚染度は全米一で、一度渡ったら生きて出られないぞ」

「ええ、知っています。でもどうしても渡る必要があるんです」

そこにいた男たちが、だらけた感じで「こいつらどうかしているぞ……」と呟き合うのがわかった。

「どうしてそうまでしてあっちに行きたい？」

「だって、こっちより物資が溢れているでしょう？　俺たち、もうひもじい思いをするのにうんざりしているんで、ウイルスは怖いけど、あっち行った方がましかなと思って」

銃が降ろされ、「まあな、そういう奴も確かにいるわな……」と男が言った。

「実は昨日も二人ばかり島の方へ人間を送ったよ。だが一つ約束させた。もし一歩でも上陸したら、二度と島を出る船には乗せないと。やっぱりこっちが良いとなっても、お前ら島から出るのは無理だぞ。それもわかっているのか？」

「もちろん。その覚悟は出来ています」

「わかった。ちょっと仲間と相談する。そこで待ってろ」

艀に向かって、赤いカンテラが大きく回された。

本来なら、右手遠くに、ライトアップされた自由の女神像が見えるはずだった。もちろん、マンハッタンの摩天楼(まてんろう)は夜空に聳(そび)えているはずだったが、ここに明かりはなかった。見渡す限り三六〇度、何の明かりもない。まるで文明の遺跡が林立しているかのようだった。

「よし、坊主ども、今夜最後の便であっちへ渡してやる。その代わり、荷揚げを手伝え。そんなに警戒するな。俺たちはギャングでも民兵でもない。ま、ギャングを装(よそお)ってはいるがな。ニュージャージー・ホームのボランティアだ」

ピットは一瞬ぎょっとした。自分らにとってはギャングより都合の悪い相手だ。

「嘘？　だってどこから見てもギャングだよ？」

「まあ、やっていることはギャングと一緒だからさ。ちょっとしたサイド・ビジネスだ。俺たちは、ニューヨークでばらまかれる物資をギャングから買って、こっちに運んでいるんだ。もちろん、銃と交換したりはしない。もっぱら情報や、銃以外の生活物資を売って物々交換する」

「だって、それ、ギャングが避難民から税金と言って搾取(さくしゅ)した物資だよ？　ボランティア団体がそんなことして良いの？」

「だから秘密だ。とりわけマンハッタン・エイドの連中には知られたくない。表向き、俺たちは良い関係を持っているからな。俺とお前たちは出会わなかった。それで良いな？　お前らは、トンネルを潜(くぐ)って上陸したことにしておけ」

「お安い御用だよ」

話は付いた。マンハッタンから運ばれて来た二トンほどの物資、ほとんどがドイツ軍が配ったミール・パックだったが、それを荷揚げして荷車に載せる作業を手伝った。

水平線が白み始める頃、やっと一二名の少年少女を乗せた艀は出港した。岸壁では、荷揚げの男たちが手を振ってくれた。土産（みやげ）だと言ってミール・パックを二ダースももらった。

艀の乗員は船長と、ボランティア・スタッフの四名。中には女性もいる。確かに、話してみるとギャングには見えなかった。

会合場所に乗り付けるとギャングに何をされるかわかったものじゃないというので、彼らが使っている港から二キロほど北上したウエスト・ヴィレッジの一角に接舷してくれた。

艀のスタッフに向かって手を振ってさようならを言う。エンジン音が遠ざかってゆくと、「憧れ（あこがれ）のニューヨークだわ……」とトレイシーが漏（も）らした。

「さあ、移動するぞ。安全な場所を探すんだ。この辺りはギャングの支配下で、ボランティア組織も滅多に入ってこられない。陽が昇る前にどこかに潜（もぐ）り込んで、ゆっくり休んでから移動方法を考えよう」

「ここにはもうバスタブも薪（まき）もないのよね……」

ビクトリアが嘆（なげ）いた。

確かに薪がないのは痛い。マンハッタンも南の方は、緑がほとんどなかったせいで、暖を取るにも水を温めるにも不自由しているという話は聞いていた。ウォール街近辺は、オフィスに大量に残されたペーパー類を薪代わりにしていたそうだが、それも底を突きかけているという噂だった。

寒さは、部屋を密閉して厚着すればまだしも我慢できるが、清潔な水を得るには煮沸（しゃふつ）するしかない。ミール・パックを暖めるためにも必須だった。

ミール・パックのほとんどには、暖めて食べるための保温剤が付いていたが、みんなそんな貴重なものをたかが食事のために利用するようなことはしなかった。カイロ代わりにしたり、物々交換用に取っておいたりした。

ピットは、胃がキリキリと痛んだ。カートを走らせると、車軸が不快な騒音を出す。ここは野犬より危険な連中が潜む廃墟の街だ。

ギャングから襲撃されたら、カートは捨てて直ぐに散開する手はずになっていた。上陸寸前に、いざばらけた時の集合場所も話し合ってあった。ビルの谷間より、護岸沿いの拓けた場所の方が怖い。どこから狙撃されるかわかったものじゃない。

素早く駆け足で移動し、ビルの陰に駆け込んだ。街角のほとんどにギャングの歩哨所があったので、あまり長い移動は出来なかった。もっとも、歩哨所の半分は、まだ寝ている時間帯だ。

人の自由移動をある程度確保するために、歩哨所は一定時間、無人を装うことがある。武器移動やギャングの移動はしないという不文律があったが。


「ここさ、ワシントン・スクウェアと、ニューヨーク大学が近いはずだ。あそこサンクチュアリだろ?」

「遠すぎる。一キロはあるぞ。チェルシー・マーケットが近い。あそこも芸術家の街だ。自警団を作って文化財を守っているという話だ。払う物を払って一眠りする部屋を借りよう。もともと、こっちに渡るために使うはずだった賄賂がある。ミール・パック全部くらい差し出しても良いさ」

「二四パックも渡すのはもったいない。五パック程度でいいんじゃないか?」

「まあ交渉次第だろうな。とにかく急ごう。みんな怪しまれないよう、マスクをちゃんとかけろ」

ビルの谷間にカートが立てる騒音が木霊する。

太陽が昇り始め、彼らと同じように、訳ありで移動する避難民とすれ違うようになった。互いに、自分の身を守ることに必死で、すれ違う相手にかまっている暇はなかった。

頭上がだいぶ明るくなってきた。西一四番通りを渡ると、カラフルな文字で、「ここよりサンクチュアリ、芸術家の街、ウイルスとギャングは入るべからず」と描いた看板が地面に置いてあった。

パンクな格好をしたゲートの警備が、両手を上げて「止まれ」と合図した。耳にでかいピアスを下げ、頭はツルツル、怪しい化粧をした一見してゲイのコンビだった。

「夕方まで一休みさせて欲しい」

「どこから来た？」

「ニュージャージーからさっき着いた」

「ニュージャージーから⁉　物好きだな。子どもだけか？　後ろに大人が隠れているとか——」

「——はない。俺たちだけだ」

「われわれはギャング以外なら、特に拒まないことにしている。だが、ボランティア組織でもないから、タダで中に入れるというわけにもいかないんだ」

男は、カートの荷物を物色し始めた。

「ミール・パックをあげるよ。全部は無理だけど」

「そうだな……。だが、ドイツ軍がセントラル・パークの北に展開したおかげで、食糧事情は良くなっているんだ。それに、俺たちはギャングじゃない。こんな状況でも、子どもから喰い物を巻き上げるほど阿漕なことはしない。お前らがこそ泥でない限りな。カートを一台くれないか？」

「それはちょっと……」

ピートは難色を示した。もともと、カートは良い賄賂になると思って積むものもないのに無理して余分に押してきた。だが、簡単にオーケーしては足元を見られる。

「ちょっとみんなで話し合って来るよ」

ピートは、円陣を組む仲間の輪に加わり、適当に時間を潰してから、振り返って「良いよ」と告げた。

「大事に使ってよ。愛着があるんだ。それに、結構新しい」

「そうみたいだな。あっち側は、喰い物はなくてもこういうのはまだ余っているということか。もうちょっと歩いてもらうぞ。ホテル並とは言えないが、共同トイレもある部屋を提供しよう。子どもたちが寝るには十分だ」

男は、ウォーキートーキーで仲間を呼んだ。一〇分ほど待たされると、マウンテン・バイクに乗った一〇代後半の女の子が、マスクの下でガムを噛みながら現れた。

「子どもは元気だね、こんな早い時間から」

この辺りはギリシャ様式やイタリア風の建築様式の建物が多い。どこかヨーロッパ風の雰囲気がある。チェルシー・ホテルを抜け、七番街に面した、七階建てのアパートへと案内された。

封鎖されていたことを示す黄色いテープが、かつてアンティーク・ショップだったらしい、一階のフロアに張られていた。

「ここはもう安全よ。感染者が出た建物は二週間封鎖することになっている。もう一〇日経ったから大丈夫でしょう。この寒さでは特にね」

「誰かと話したい時にはどこへ行けば良いんですか？」

「あたしたちが管理しているのは東は六番街まで。本部はチェルシー・ホテルにあって、炊き出しもそこであるわ。朝ご飯は七時から、夕飯は六時まで。飲料水もそこで手に入る。このエリアにいる限りは安全よ。二四時間通りをパトロールしているし、隣のギャング団との境界線も常時見張っているから」

「ここにはどのくらいの避難民が？」

「そうねぇ。数にして三〇〇〇人くらいかしら。ほとんどが芸術家よ。あんたたちはいつまでいてもいいわよ。出て行く時は、境界線で誰かに声をかけてちょうだい。もし帰ってくる時は、相応の土産が要るけれど、その辺り、わかっているわよね？」

「ええ、もちろん。燃料とかはどうしているんですか？」

「ああ、それほど豊富ではないわね。本部でスープを作るのが精いっぱいよ。でもネズミは慣れると結構美味しいわよね。要は味付け次第。もしも病人が出たりとか、とにかく用があるときはチェルシー・ホテルまで走ってね」

女が去っていくと、一行はそのペンシル・ビルを見上げた。幅は五メートルもない。階段は、カートがやっと上れそうな幅しかなく、しかも急だ。道路沿いには、五〇メートル間隔で仮設トイレが並んでいる。気の早い避難民らが三々五々外へ出て炊き出しを求めて本部へ向かっていた。

「ああ、トイレがあることの幸せ……」トレイシーが感動の声を上げた。

「優先順位。まずカートを空にして上へ上げよう。上の階を全部捜索。ケンイチとビットリオ、頼む。女子は、寝床に最適な部屋を捜してくれ。俺とボギーは、玄関でしばらく外を観察している」

カートの荷物を空にして、ひとまず二階に上げることにした。そのビルは、幅は狭いが意外と奥行きはあった。家財道具はほとんどなかったが、粗末なソファがあった。各階ともにソファだけはある様子で、それを一部屋に集めればベッド代わりになりそうだった。

階段の一階入り口のオートロックはとうに破壊されたあとで、ドアの鉄柵が残っているだけだった。見張りを立てればなんとかなる。男子は三階、女子は四階に陣取ることになった。

ブロンクスとの違いは大きかった。人口密度がまるで違う。こちらはスカスカだ。ビル一棟丸ごと空いているなんて奇跡みたいなものだ。しかも、上の階はまだ窓にガラスが入っていた。

カートを二階に上げると、ボギーとピットは、階段に腰を下ろして肩を並べてあくびした。

「ここまでは、うまくいったな……」

ピットがほっとした感じで言った。

「ああ、居座りたくなるな。こんなに環境が良いと」

「薪がない。北の方は、なんだかんだ言っても、みんなでいろいろと燃料を探してくるからな。それに、たぶん北の方が食糧は多いだろう。ドイツ軍がブロンクスに居座るんなら。いつかは、あの艀の連中が俺たちのことを喋るだろう。この近くで降ろしたと。そしたら、戦車部隊が俺たちを探しにやってくる。逆に、彼らのお膝元にいた方が安全かもしれない。人は多いし」

「ブロンクスは人が多い分だけ治安も悪い。あそこでさ、俺たちこうして武器も持たず階段の踊り場なんぞに呑気に屯していたら、たちまちギャングの餌食だぜ」

「だが生き延びた。先生がいたからな」

「ここじゃ、シャワーも浴びられないが、それは向こうと同じか……。問題は治安だけだな。でも大きいぞ。安心して寝られるというのと、銃を抱いて寝なきゃいけないってのは」

「ドイツ軍とギャング、どっちが脅威かってことだよね」

しばらく会話が途切れて、ピットが「どっちも脅威さ……」と漏らした。

「先生がいてくれたらなぁ。何か妙案を考えてくれるんだろうけど。なあボギー、ひょっとして俺は楽観主義者かな」

「どうかなぁ……。けどさ、もしドイツ軍が本気で治安を回復するつもりなら、ギャングは自然とどこかへ移動するんじゃないのか。それにかけてみることは出来る」

「あっちじゃ炊き出しなんかしてくれなかったぞ。トイレだって仮設なんかなくて垂れ流しだ。衛生状態は最悪だった。帰りたくないよなぁ。こういう環境に親しむと。ここ、一週間に一回くらいシャワー・デーとかないかな?」

「護岸まで確保しているなら、勝手に水汲んで頭から被れだろう。塩っ気のある河口の水でさ。まさか蒸留水を作る程の余裕はないんじゃない」

「でもさ、今だから言うけど、俺たち、またジュリエットに救われたね。たいした勘の持ち主だ」

「うん。軍隊にだけは渡せない」

ビクトリアが降りてきて「食事どうする?」と訊いた。

「まずは偵察を出そう。三人がかりで。ケリーとロバートとボギー。この三人で行ってもらうよ。安全だとわかったら、残りの皆で出かけよう。そして寝床の準備だな。正直くたくただよ」

ベッドの準備が出来たら、このまま寝てしまいそうなほど疲れていた。

いくつかのビルの開いた窓から細い煙が見えていた。自炊のようだ。薪がないとは言え、いろいろ工夫しているのだろうと思った。室内の壁材を剝がすなり調度品を燃やすなりして。

いろいろ考えなければならなかった。洗濯はどうするか、日用品はどこで手に入れるか。ブロンクスなら、それなりに付き合いのある大人たちもいたし、ルートは全部開拓済みで、洗濯場所も一応はブロンクス川に確保してあった。下水の方がまだ綺麗だろうという汚れた水だったが、それでも水が全くない状態よりはましだ。

三人を朝食の偵察に送り出しながら、どうしたものかとピットは思案した。

この災難で、多くのことを学んだ。人は見かけによらない。裏側には、見かけとは大違いの真実が必ず潜んでいる。スズキ先生の警句だった。

ここは確かに住み良い。トイレもあり、住宅は余っている。炊き出しもあって、住民は芸術をこよなく愛する平和指向の人々だ。なのに、人口は少ない。炊き出しが量を満たしていないとか、水場が遠いとか、何か理由があるに違いない。

ウォーキートーキーを持ったボランティアのパトロールが二人、自転車に乗って通りかかった。階段の前で自転車を止めると、「坊主たち、うまく行っているか?」と声をかけてくれた。

髪の毛を後ろで一本に束ねている。四〇歳代後半の男性、こちらもゲイ・カップルに見えた。

「うまくいっている。これから朝飯に出ようと思うんだ。炊き出しってどんなの?」

「昨日から格段に美味くなった。突然、ドイツからの補給物資が雪崩れこんでな」

「あの……、ここ、人が少なくないですか?　こんなに住み良いのに」

「うん、それはあるな。昨日辺りから人がごっそり抜け出ている。みんなセントラル・パークを目指して行ったよ。ドイツ軍が炊き出ししているとかで。下を見ても千人は出て行ったはずだ。それに、もともと水の便が良くないことは確かだ。一応、護岸を抑えてはいるが、ろくな蒸留装置があるわけじゃないからな。その辺りは覚悟してくれ。君らは、ジャージーから来たんだろう?」

「ええ。あっちは喰い物はないけれど、水には不便しなかった」

「じゃあ、覚悟した方が良いぞ。喉の渇きと闘う羽目になる」

「はい。でも、一日二日で、僕らもセントラル・パークへ移動しようと思っているんで」

「それが良いだろう。まあ、ゆっくり休んでくれ。マンハッタンに歓迎するよ」

三人の偵察隊が帰って来ると、ミネラル・ウォーターの小瓶を一本ずつ下げていた。何でも、ミール・パックを開いたものをいったん一緒にして暖め、カップに分けて食べているとのことだった。ミート・スパゲティがその中身らしく、量的にも、朝食としては必要を満たしているとのことだった。

ピットは、三人にアパートの見張りを委ねると、うたた寝するマリーを背負い、炊き出しへと向かった。

もしも俺たちがいなくなったら、マリーはどうなるんだろう。誰か親切な大人が引き取ってくれれば良いが。

この場所を離れてブロンクスに戻るには勇気と決断が必要だなと思った。

——。

遡ること六時間。コロラド・スプリングス

ロバート・スコット国防長官は、デスクとソファセットが置かれた質素な自室で、副官のパンチョ・サントーニ軍曹の手を借り、背広から繋ぎの戦闘服に着替えていた。まだジョークを言う余裕はあった。

「左手の袖は、肘から下を切ってかまわないだろう。使い道はない。ズボンはそうだなぁ。膝頭で絞って、裏にモップを縫いつければ良い。ずりずり歩けば掃除になる」

「じゃあ私は、後ろからバケツとモップ絞り機を持って続きますよ」

サントーニ軍曹は、およそ軍人には見えない風体の男だった。とっくに軍の制限を超えた体重の持ち主で、事務的なことは一切ノータッチで、長官の身の回りの世話をするのだけが仕事だ。

「軍曹。もう正直に言おう。実は私は自分で着替えができるんだ。だがそれを明らかにすると、軍は、でぶっちょの軍曹を退役処分にするんじゃないかと思ってな。黙っておいてやった」

「そら感謝しないといけませんな。実は長官、私も秘密にしておいたことがあったのです。長官の服のサイズを、時々小さくしました。いや私の発案じゃありません。奥様からの命令でして、この人は周囲が管理しないとすぐ太る体質だから、絶えずそのことを認識させて下さいとのことでした」

「それは気付かなかったぞ、軍曹」

襟のボタンを自ら止めると、軍曹が手鏡を前に翳した。

「こんな格好はベトナム以来だ。国内で戦闘服を着る羽目になるとはな。軍曹、世話になった。この災難が終わったら、奥方と私の家を訪れてくれ。妻に伝えておいた」

軍曹は、柄にもなく直立不動で「自分もお供させて頂きます。サー!」と敬礼した。

「その身体では戦闘は無理だろう。私の部下はお荷物な兵隊を二人も面倒みられやせんぞ」

「弾避けにはなります。自分は優れた防弾チョッキです」

「ああ、視界を塞ぐ分厚い防弾チョッキだ。頼みがある」

スコットは、右手中指にはめたマリッジリングにキスすると、口を使って指輪を外し、自分の唯一の掌に落とした。

「これを妻に届けてくれ。私の最後の命令だ。別れのメッセージはない。私はこのあともここに立て籠もって闘うだけだ」

「イエス・サー!」

もう一人の、事務方を仕切る副官のハリー・マツコイ少佐が、壁の受話器を取り、「大統領からのお電話です」と告げた。

「映像付きか?」

「いえ、音声のみの模様です」

「出よう」

受話器を受け取ると、カリブ海上からのクリアな音声が聞こえてくる。スコットは一瞬真っ青な海と、突き抜けるような青空をイメージして目眩を覚えた。

「マシュー、元気そうで何よりだ」

「君もな、ロバート。そこに立て籠もるなんて馬鹿なことを考えているようだが、われわれとて手をこまねいているわけじゃない。アッカーマンがやって来る前にさっさと脱出してくれ。われわれは今、テキサスで陸軍や海兵隊の地上兵力を再編成中だ」

マシュー・フラナガン大統領の声は事務的で、少し怒気を含んでいるように思えた。

「それは頼もしい。いつ頃到着するんだ?」

「残念だが、まだ出発の目処も立っていない」

「なあマシュー。WAAが独立宣言して以来、次の主戦場はここになるとみんな覚悟していた。われわれもそう思ったし、何よりアッカーマン自身が何度も警告を発していた。だが、われわれは十分に備えることが出来なかった」

「済まないと思っている」

「とんでもない。君が謝ることはない。軍の問題は私の管轄だ。アッカーマンの軍隊に備えるより、国民の支援を最優先すべきだと信じたから、部隊を敢えて動かさなかった。それに、われわれとてこの穴蔵に半年以上籠もりながら昼寝していた訳じゃない。ちゃんと備えはある。二日三日、いや一週間かそこいらは持ち堪えてみせる。無駄死にする気は全くないぞ。国民の眼は、今ここに注がれている。軍が踏み止まり、アッカーマンと闘うことで、その断固たる意志を示すことができる。ここにいる者たちは、皆、家族や親族を飢えで亡くした。アッカーマンには恨みがある。闘志に燃えているよ」

「無茶はせんでくれ。洋上からも必要な援護はする」

「期待しているよ。じゃあひとまずこれでお別れだ。次はこちらから朗報を教えられるだろう」

スコットは受話器を置きながら、「心配性だな、大統領も」と呟いた。

「外の様子はどうだ？　ハリー」

「まだ出られません。一応、装甲車部隊に先導させる予定ですが、ピケを排除しないことには……」

マッコイ少佐が応えた。

「では、私が出て行くことにしよう。こう見えてもな、ベトナム反戦運動じゃ市民運動家の真似事だってやったんだぞ。彼らを説き伏せる。そして道を空けさせる。脱出組はバス内に待機させろ」

スコットの言葉に少佐は頷くと、部屋の外に待機する士官にその旨を伝えて引き返してきた。そして、サントーニ軍曹に敬礼した。

「では、軍曹。今日までご苦労だった。今度私の前に現れる時には、あと二〇ポンドは痩せて来い。バスの中では伏せているんだぞ。住民に肥えた兵隊なんぞ見られてはたまらんからな」

「はい、少佐殿！　お世話になりました。御武運を」

軍曹が部屋を出て行くと、少佐は、車椅子の取っ手を摑んで具合を確かめた。

「こういう日が来るのであれば、この車椅子に仕かけでも仕込んでおくんでしたね。００７みたいに。ミサイルとか、ボウガンとか、ヘリコプターの羽とか」

「考えておこう。重過ぎる車椅子も考え物だがな」

「準備はよろしいですか?」

「ああ。行こう。いくら殺気だった住民でも、ベトナム傷痍軍人に銃を向けるほど無慈悲じゃあるまい」

　ゲートへと通じるメインストリートのトンネルへ出ると、軍用バスが道を塞ぐようにずらりと並んでいた。

　兵士らが、車椅子で脇を移動するスコットに拍手喝采を送る。

　ゲートの入り口には、海兵隊のＬＡＶ装輪装甲車に乗るドミトリー・バドチェンコ少将がいた。

「後ろから援護します、長官」

「かまうな、将軍。住民を刺激する。ハンド・スピーカーをくれ。五分で片づける」

「マスクをお付けになった方がよろしいかと」

「たった数分のお喋りで感染するようなら、私にはそもそも運がなかったということだよ。ハリー、ここから先は私一人で行く。バリケードの外まで見送ってくれ」

　トンネル入り口は、シャッターで封鎖され、脇の小さなドアから出入りするようになっていた。その前方には、土嚢を積んだ防御用のバリケードが設けられていた。補給用のヘリはいつもその猫の額のような空間に着陸して物資を降ろしていた。

　ＮＯＲＡＤのゲートは、シャイアン・マウンテンの中腹をくりぬいてつくってあるため、平らな土地がほとんどない。その中で、緩斜面を削って

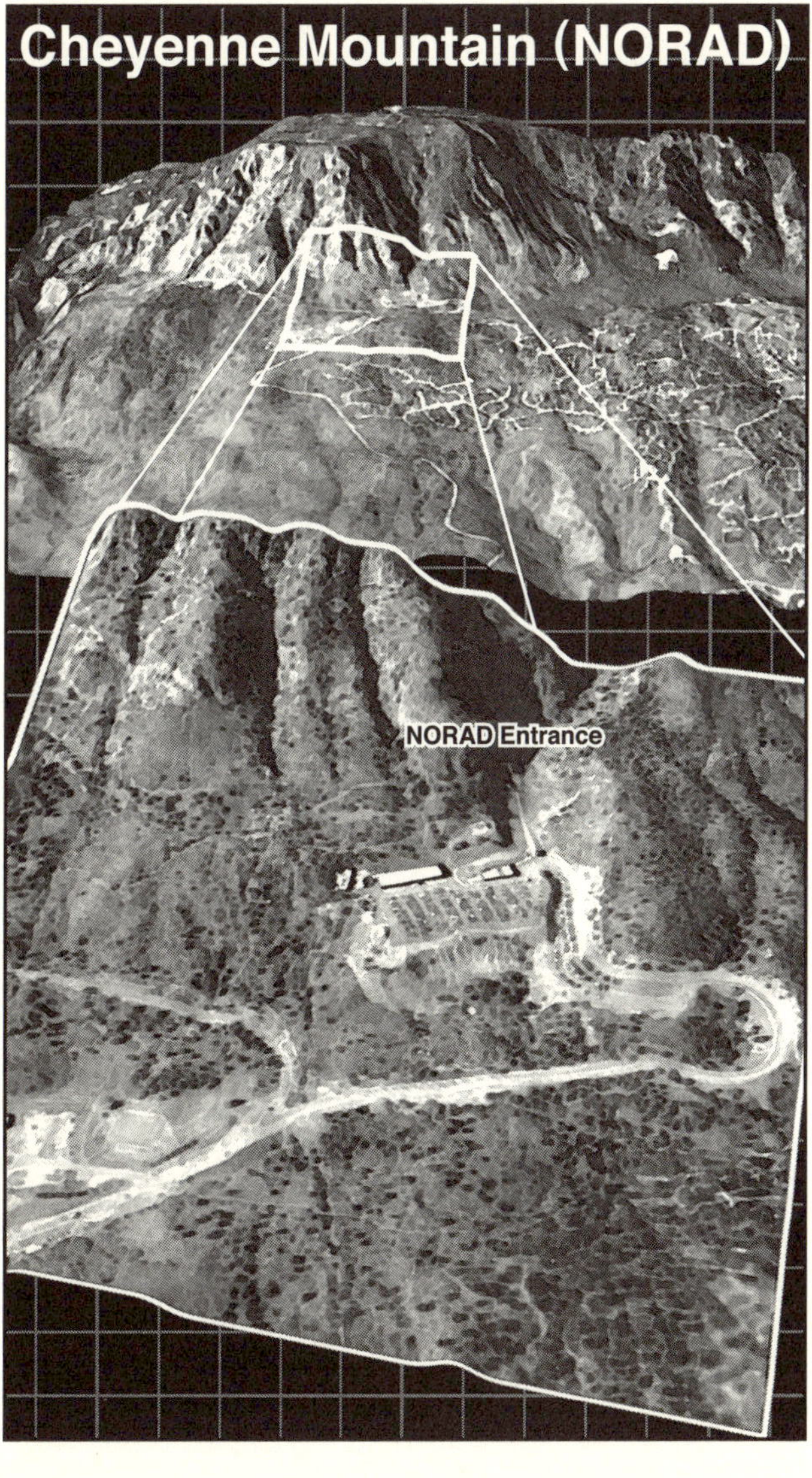
Cheyenne Mountain (NORAD)
NORAD Entrance

来客と観光客用の駐車場が作られている。住民らはそこにテントを張り、ピケを張っていた。

「フラッドライトで私を照らせ」

危なっかしく進む電動車椅子を、強力なライトが、まるでスポットライトのように背後から照らす。靄が出ていたせいで、ドライアイスを使ったみたいに幻想的な光景を演出した。

「住民の諸君。私は国防長官のロバート・スコットだ。この肉付きの良さを許してくれ。何しろ運動できない身体なのでね。すでに伝えた通り、カリフォルニア軍団がやってくる。私はここを明け渡す気は全くないが、戦闘は主に、君たちが陣取っているそこで行われることになるだろう。混戦となれば、民間人を区別している余裕はなくなる。君らがわれわれに就くも、彼らに就くも自由だが、今日まで生き延び、ここで死ぬことはない。もしわれわれが負けて、カリフォルニア軍団がこの辺りを支配したら、数日後には西海岸の支援物資で溢れかえることになる。政府が君たちに何の手だてもしなかったことを謝罪する。二ヶ月前、栄養失調で死にかけた五歳の坊やを追い返したことの責任は私にある。撃ちたければ私を撃て。君たちが撤収を約束してくれれば、麓へ降りるための移動手段を提供する。一〇分以内に結論を出してくれ」

スコットは、それだけ言うとさっさと引っ込んだ。七分後、麓への道路を封鎖していたピケが解かれた。

トンネル入り口のシャッターが上がり、LAVを先頭にしてトラックが走り出ていく。皆、戦闘服に銃を持ってバスに乗り込んでいた。スコットは、その一台一台に敬礼して見送った。

「これでやっと隣人の鼾を気にせずに眠れる」

マッコイ少佐が車椅子を押しながら言った。

「どのくらい残った？」

「兵員、施設を守るエンジニアが五、六名。海兵隊が基地の内外に一個中隊です」

「立て籠もる程度なら十分だな。君は、もしここに核爆弾があって、この基地の残存者全てを道連れにしても良いと思ったら、引き金を引くかね？」

「アッカーマンを道連れに出来るという保証が得られたら、私はためらいませんね。ユタのソルトレイクで、妹が病院のカウンセラーとして働いていた。疫病ではなく飢えで死にました。ロスアンゼルスでは、親族の二家族と連絡が取れない。こんなのは序の口で、もし奴がいなかったら、秋の訪れを待たずにアジア各国の支援物資が内陸部まで入り、東海岸だってあんな惨状にはならなかったでしょう」

「それはどうかな。アッカーマンがいなければ、カリフォルニア軍団規模の民兵は出来なかっただろうが、それでも小さなギャング集団が群雄割拠して、兵站を破綻させていたと思うな。彼はベトナム戦争当時から要領の良い士官として知られていた。優秀だったかどうかは疑問があるが。そういうベトナム世代の偏見を差し引くと、彼はいささか貧乏くじを引かされたかもしれないな」

「十分に、その役を演じきっているじゃないですか？　嫌々には見えない」

「そこがあの男の好きになれないところさ」

この半年間に基地内に用意した防衛本部へと向かう。コントロール・センターの最奥に作られていた。かつては数多くの軍事衛星の軌道を捉え、核ミサイルの脅威に備えた正面の巨大スクリーンも、火が消え、モニター類も全て電源が落としてあった。

全ては自動化され、早期警戒衛星が拾ったミサイル情報は、前線に配備された陸軍部隊が直接受け取ることになっていた。

アメリカはまだ他国からの弾道弾攻撃の可能性に備えていた。スコットは、全く滑稽な話だなとは思ったが、それが軍というものだ。目に見えないウイルスには無力だが、核ミサイルは防ぎようがある。そのために膨大な税金が支出されて来たのだ。

基地に残った将官クラス全員がその部屋にいて、スコットの檄を待っていた。さらには、英独の連絡将校も。それを目にしたスコットは、こんな所でのたれ死んだからと言って、勲章なんか出やせんぞと告げた。

「われわれは米国の長年にして最良の友ですから」

ナタリー・クリッツハム中佐が、無味乾燥に言った。対して、ドイツ国防軍のヘルムート・メッツエン中佐は、咳払いしてから「見栄を張りました」と正直に言った。

「このままおめおめと国へ帰ったら、末代まで晒し者にされそうで……」

「動機はともかく、感謝するよ。しかし、弾の中に飛び込む兵隊の理屈なんてのは意外とそんなものだ。恥じることはない。さて、準備はどうかね？」

「首つりの用意は出来ています。まずCレベルを」

海兵隊からなる守備部隊を指揮するイーサン・ハメット大佐が答えた。

「今でないと駄目か？」

スターライン大将が質した。

「Cレベルを封鎖すると、一個小隊がフリーになります。今のうちに彼らをもっと重要な箇所の配置に就かせておきたい。それに、このレベルは基地業務には何の関係もありません」

「許可しよう。Cレベルの首をつれ」

スコットが命令した。やがて、ほとんど同時に、地中深くから突き上げるような衝撃音が起こった。それは避難する住民らの耳にも届いた。山が崩れたかと思わせるような衝撃音だった。


陸上自衛隊の特殊部隊サイレント・コアを率いる音無誠次二佐は、LAVを改造した指揮通信車のキャビンで、アッカーマン将軍と向かい合っていた。

モントローゼ空港で将軍の部隊に合流し、やっと南ルートの先頭を行く将軍の車両に追い付いた所だった。後ろには、音無が指揮する特殊部隊の本隊が続いていた。

「すまんな、中佐。同行させろなどと無理を言ってしまって」

「まあ、暇ですから。カリフォルニア軍団が恭順の意を示してからというもの、われわれもすっかりに暇になりました」

「わかっていると思うが、保険をかけさせてもらったのだ。君らが同行すれば、いざという時、背後から撃たれずに済む」

「それはどうでしょうなぁ。われわれは所詮前線の兵隊です。政治家にとっては駒に過ぎない。目的を達するためには捨て駒にされる可能性もある。あなたが過去何度もそうして来たように」

将軍が座乗するLAV指揮車は、決して最新型ではなかった。一番新しいタイプは、ラスベガスへの攻撃に使われ、あらかた音無の部隊が撃破して壊滅した。

今、将軍の部隊は、GPS誘導爆弾を攪乱するための妨害電波を発信し、コマンドによるレーザー照射を警戒しながら時速二〇マイルで進んでいた。路上は、予め綺麗に掃除されていた。

　地元の住民らが、支援物資の一日も早い到来を期待してせっせと掃除していたのだ。それが今、役に立っていた。正規軍が橋を落とすとか、妨害行為に出るとかもなかった。

　隊列は停止することもなく、適度な間隔を取って前進した。

「戦場における最優先事項は何だと思うね」

「最小のコストでスピーディに最大の効果を得ること」

「そう。その目的が最優先だ。兵士の生命ではない」

「ベトナムの頃ならともかく、今はそうも言えないでしょう。第一次湾岸戦争の頃から、兵士の命は作戦目的より重くなった。やり辛い時代になった」

「全くだ。こういう話が出来る相手は少なくてな。わが軍も官僚化が進んでなかなか本音を言えなくなった。シャイアン・マウンテンは、一両日中に陥落するだろう。そうなったら、あとは一気にサンベルトを制圧できる。テキサスを落とせば、あとは問題ない。フロリダだけでは持ち堪えられないだろう。東部諸州はヨーロッパからの支援物資を貯め込むのに忙しくて戦争どころじゃない」

「もし、東部まで占領したら、そのあと、どうしますか？」

「さてどうしたものかな。誰かが新しい政治体制を立ち上げるだろう。私ではない誰かが」

「それはまた随分と殊勝な態度ですな」

「信じてないだろう？　君は。だが、私は政治に興味はないのだ。軍人だからな。私が政治に興味があるのなら、こんな所にいやしないぞ。ラスベガスで毎夜パーティに精を出しているさ。率直なところ、連邦政府の力を弱めるべきだとは思う。

みんながみんなウォール街を舞台に財テクしたいわけじゃない。年金基金の運用に興味のない人々もいる。モンタナで牛を飼っている農場主が、仕事を放っぽりだして株価情報に一喜一憂するのは異常だと思わないかね。われわれは世界中の富を集め過ぎたし、それは収奪と言ってもいいレベルだった。国連は役立たずだし、かと言って、モンロー主義に徹して内へ籠もれと言っているわけじゃない。世界を住みよくするために積極的に動くべきだろう。だが、今の政府と議会で駄目なことは確かだ。それを解決できる人々が、新たに議会を構成し、国を率いてくれることを祈っているよ」

政治に興味がないという割にはペラペラと喋る。

装甲車がブレーキを踏み込んだ。

「何か?」と将軍がドライバー席へと訊いた。

「防空警戒が発令されました。防空部隊が展開布陣を完了するまで散開して待機せよとのことです」

「了解した。われわれは歩兵部隊に道を空けるぞ」

指揮車両が脇へ退き、歩兵を乗せた後続のトラック部隊が前へと出る。

「われわれは各州の軍事基地周辺にスパイ網を張り巡らせている。戦闘機が武装状態で離陸すれば直ぐ無線連絡が入る」

将軍はそう言いながら自ら後部ドアを開けて飛び降りた。音無もあとに続いた。将軍が、通り過ぎるトラックを一台一台止めてドライバーに話しかけ始めた。全てのトラックが、消灯したまま走っていた。正規軍の奇襲に備えてのことだった。

指揮官として、大きな声で話しかけ、時に笑い、腹の底から声を出す。この男はきっと生まれたときから軍靴でも履いてたのだろうと音無は思った。

「君が理想とする戦争は何だね?」

十数台を見送り、間が開いたところで将軍は音無に尋ねた。

「どこかの将軍の台詞を借りるなら、自分一人のために一〇〇機の爆撃機が出撃してくれることです」

「そう！　まさにその通りだ。ベトナムで私は手足を縛られ、何一つ満足な作戦は行えなかった。だがここでは違う。大いに……。私は幸運だ！」

闇夜にトラックがタイヤを軋ませながら走り去っていく。土地の高度が上がったせいで冷え込みが厳しくなっていた。

音無は、一足先に装甲車へと引き揚げた。この男と心中しても、あまり名誉なこととは思えなかった。アメリカ人にとっては別だろうが。この闘いが一方的な結果で終わることを祈りたかった。戦力的にはどうかと思ったが、空からの攻撃をしのげれば何とかなるだろう。正規軍に機甲兵力はない。戦車に対しては歩兵の攻撃はしれている。決着がついたところで、国防長官を救出して終わりだ。


一夜明けて、ラガーディア空港のドイツ軍部隊本部。ブロンクスのホワイトストーン橋を渡り、引き揚げて来た戦車部隊の兵士はボロボロだった。

ほぼ半日、防毒マスクを装着していたせいで、軽度の低酸素病に陥っていた。軍医らは、それをある種の高山病と呼んでいた。目眩と吐き気を覚え、動作は緩慢になり、単純ミスが増える。

夜間の治安維持任務はとりわけ過酷だった。ギャングは闇の中から狙撃してくるし、民衆はあまり協力的ではなかった。

基地にたどり着き、除染措置を受けてマスクを脱いだ途端、辺りかまわず吐く兵士が続出した。

「国内で一週間も訓練したのよ。その課程では、マスクを装着しての二四時間の行軍訓練も入っていたのに、もうこれだもの」

エリカ・ローランサン中佐は、出発準備を整えながら嘆いた。

「仕方ないさ。実戦と訓練とは違うからな」

太陽が東から射し始め、早朝の水面を黄金色に染めてゆく。美しい光景に草鹿はしばし見とれた。

「今朝はドイツ軍の装甲車で出かける。向こうに着いてからのことは何とも言えないが」

マンキューソ捜査官が司令部テントから出てきて喋った。

「わかりましたか？　状況は？」

「いや、なんとも要領を得ない話でな。直接インタビューしたいところだが、止めた方が良いと言うんで従った。これはボランティア組織の領分の問題だ。彼らの方が情報を得やすいだろう。あれは何だね？　オモチャの戦車か？」

赤十字のマークを付けた二両のミニ装甲車が現れ、マルダー1A3装甲車の列に加わった。

「ウィーゼル2。我が軍ご自慢のオモチャです。あれでも、戦場救急車なんですよ。もとは空挺用の装甲車らしいですが」

天井が相当に低そうだったが、注意深く見ると、必要なキャビン容積は満たしているようだった。

「自衛隊にも欲しいな。こんどセールスマンを派遣してよ」

「お宅は、ストライカーを買うことに決めたんでしょう？　あのシリーズで救急タイプを作らせれば良い」

「あれは駄目だ。装甲兵員車としてはともかく、図体がでかすぎるよ。日本みたいに狭隘(きょうあい)な道路事情には向かない」

「そう。じゃあ、メーカーに伝えておくわ。いっぱい買って頂戴。ま、道路事情の発達した日本で無限軌道車の使い道があるかどうかは知らないけど」

出動する全員が揃うと、ローランサン中佐がチェックリストを読み上げ始めた。主に、緊急時の手順が書かれたものだった。

「ええと、橋を渡る前にマスクを装着、フィルター呼吸に切り替えて下さい。前線指揮所には陽圧ルームも完成しているので、緊急時のトイレや、気分が悪くなった時のバケツも用意してあります。熱が籠もるのに注意して下さい。体温が上がると、不快感は倍増する。汗をかいたなと思ったら、保冷剤を首の後ろに宛って下さい。では、準備がよろしければ、参りましょう。われらがウイルスの殿堂へ」

全員が四両の装甲車に乗り込む。最後の一両は、除染作業用のフックスＮＢＣ偵察車両だった。そのあとに二両のウィーゼル２救急装甲車が続く。

橋に差しかかると、マンハッタン島は、靄に沈んでいた。その靄の中から高層ビルがにょきにょきと生えている。

ちょうど順光なので、絵葉書にでもなりそうな幻想的な雰囲気を醸し出していたが、その靄の下には地獄絵が展開しているのだ。

ブロンクス地区に入る。ドイツ軍が細々と炊き出しを行っているブロンクス動物園を掠め、マンハッタン・エイドの本部ビルへと向かった。

マンキューソ、草鹿、ローランサン中佐、そしてリー大尉の四人でビルの階段を上った。ローランサンが先頭に立ち、皆が早足になるのを抑えた。

出迎えたニック・ウルジーは、あきれ顔で、「大げさな連中だな」と歓迎した。

「ささ、奥に入ってくれ。そんな所にいられれちゃ迷惑だ」

マンキューソと、ローランサンが椅子に座り、草鹿とリーはその背後に立った。

「簡単に言うと、彼らは、ニューヨークに戻ってきた。ニュージャージー・ホームの連中が艀で渡したらしい」

「彼らは、われわれに通報してくれるということだったんだが、何があったんだ？」

「ギャングや民兵は、橋やトンネルを管理しているだけじゃなく、無数の艀を運用して商売もしている。そんな中には、当然ボランティア団体の艀もある」

「連中も商売をしていると？」

「もちろん。ちょっとしたサイド・ビジネスだな。大っぴらにはしないが、連中もそうギャングとは違わないビジネスに精を出している。ギャングが避難民から巻き上げた援助物資を、ここでは手に入らない消費財と交換している。さすがに武器でのやりとりはないと思うが。われわれは見て見ぬふりをして来た。あっちはあっちで苦しいからね。それで、昨夜というか、明け方、荷役の手伝いを条件に彼らを渡したらしい。ドイツ軍が捜している。見つけ出せばドイツ軍からたいそうな物資がプレゼントされると尾ひれが付いた情報が出回り、今朝大騒ぎになったらしい。彼らにとってはちょっと手遅れだったかもしれないが」

「どこに上陸したんだ？」

ウルジーは、地図の一点を示した。

「ここ、ソーホーよりわずかに北らしいな。今、どこにいるかはわからない。無事かどうかも含めて」

「行かなきゃならん」

「ちょっと待ってくれ……」

ウルジーは、眠そうにあくびをかいた。

「君らのおかげで一時間も早く起きる羽目になっ

た。今、こっちのルートで探りを入れている。まだ街も動き出したばかりだ。情報が集まるには時間がかかる。それと、頼まれていた、少年らの行動を知っていそうな人間の当たりは付けた。情報が役に立つかどうかは知らないが。あとで、そこへ行ってみると良いだろう。ここじゃ、よほど美味しい話がないと、自らは動かないんでね」

　ウルジーは、名前と住所を書き殴ったメモをマンキューソに渡した。

「この次、来る時は、乗用車かトラックにしてくれないか？　道路が傷(いた)んで困る」

「そりゃ無理だ。タイヤを狙撃され、立ち往生した途端に群衆に襲われるだろう。いくら兵隊を連れていても、数百数千の暴徒は撃退できない」

「そんな元気が住民にあればわれわれは歓迎するがね」

　四人は、階段を下りると、玄関脇で丸く輪を作って額を寄せ合った。そうしないと、満足に会話できないのだ。頭からすっぽりと防護マスク、つま先まで全身防護服に身を固めた大人四人が額を密着させて喋っている姿は、まるで前衛芸術だった。

「行かなければならん」と草鹿が言った。

　リー大尉も、「異存はありません。こちらから積極的に捜すべきです」と賛同した。

「今は駄目だ。ニューヨークは今のこの状況でも十二分に複雑な街だ。情報を集めて、狙いを付けてからでも遅くはない。少年集団は目立つ。こちらも策を練(ね)ろう」

　マンキューソが、人捜しのベテランとしての判断を下した。

　気ばかり急いて、いつも子どもたちに一歩先を行かれてしまう。草鹿は一二人の子どもに嘲笑(あざわら)われているような気がした。

Chapter 6

ロープワーク

カナダ中央部、アメリカ国境に近いウイニペグに派遣された英国空軍のショーン・ハミルトン中佐は、つららが下がるハンガーに収まった二機の大戦機を見た瞬間、まるでタイムトラベルでもしたかのような錯覚に捕らわれた。

バトル・オブ・ブリテンで大英帝国を全体主義の魔の手から救った二機の名機、アブロ・ランカスター爆撃機と、デ・ハビランド・モスキートFB．MkⅥが、ハンガーの中央で、老兵らの整備を受けていた。

機体が凍り付くのを避けるために、あちこちに暖房機が置いてある。補給物資を運んで帰投したばかりの大戦機からは、湯気が立っていたものだ。

中佐は、老兵たちに特殊任務を授けるために、ロシア空軍から大型輸送機をレンタルし、二〇名余りのエンジニアを引き連れて到着した。物資投下任務を中断させ、二日間徹夜で改造を施した。

偵察機としてエスコートするモスキートに守られたランカスター爆撃機は、二機で大西洋を渡った。オールドボーイ作戦と名付けられた、避難中のあるファミリーに支援物資を届ける計画のためだった。彼らは、その四人家族に立派に物資を届けたが、民兵との闘いで一機を失った。幸い、たいした負傷者は出なかったし、仇は討った。

現役兵らが機体の改造に当たっている間、老兵らはカナダで眠っていた双発ターボプロップ機のサーブ340を使い、協力関係にあるボランティア・グループ〝ホープ・プロジェクト〟の物資を各支援ベースに送り届けていた。それも大事な仕事だったが、サーブ340ではランカスターに比べると今ひとつ迫力を欠いた。

ランカスターは、物資を落下傘投下できるが、民航機ではそうはいかない。せいぜい、拠点間輸送に従事するのが精いっぱいだ。それも大事な任務だが、彼らは満足できなかった。

彼らは、その二日間の任務を「休暇」と呼んだ。

ウイニペグ空港の空港ビルラウンジに立ち上がったベース・コントロールの中で、ハミルトン中佐は、適度な敬意を払いつつ、老兵パイロットらにブリーフィングを行った。

この、適度な敬意というのが大事なポイントだ。若いからと甘く見られちゃいかん。こっちだって幾度も実戦経験はあるんだ。

ソファにふんぞり返る白髪の年寄りを前に、中佐は、「では、作戦概要の説明を始める」とぶっきらぼうに喋った。

「端的に言おう。モスキートには、クラスター爆弾を搭載できるよう改造した。ランカスターには、一〇トン級の爆弾を搭載できるよう改良した。つまり、ランカスターＢＩスペシャル仕様に改造した。ただし、爆弾倉の扉はそのままだ。外して改造するだけの余裕はなかった。ちょっと工夫はしたが」

「搭載する爆弾の重さは？」

半世紀以上も昔、かつてそのランカスター・スペシャルでグランドスラム爆弾を使用していたヘンリー・グリーン少佐が尋ねた。

「二〇〇〇〇ポンド――」

「ヒュー！　そいつはまた大きく出たな」

「われわれはこれからミズーリ州のホワイトマン空軍基地へ飛び、そこでテスト飛行を繰り返して出撃に備える」

「目標は？」

「それはまだ秘密だ」

「坊や……」

そうら、来たぞ。ハミルトン中佐は身構えた。

「一〇トン近い爆弾をどこかに運べというわけでもあるまい。この老いぼれどもが、いったい誰に情報を漏らすというんだ?」

「私はそれを報せる権限を与えられてはいないんです」

「なあ、中佐。君は、われわれと一緒に飛ぶわけじゃないんだろう? 危険を冒すのはわれわれだ。それで権限がないから喋れないだと? 兵隊を連れてさっさと帰れ。俺たちを馬鹿にするんじゃない。ドイツ軍の対空砲火を潜って大英帝国を守った飛行士に対する態度か? それが」

「申し訳ないが、皆さん。あなた方は所詮退役した身の上で、私は現役です。すでに皆さんは、予備役ですらない」

「言っておくが、あの二機の大戦機は、国の所有物でもないぞ。保存協会の財産だ。何の権限があって徴発するんだ」

「あれを運べる爆撃機はもとより輸送機がないからです」

オールドボーイ作戦の指揮を取ったダグラス・スチュワート中佐が立ち上がり、ハミルトンの隣に並んだ。

「諸君。禅問答をしても始まらん。われわれの目標はＮＯＲＡＤだ。シャイアン・マウンテンに穿たれたトンネルを地中貫通爆弾で潰して、敵の侵入を阻止するのが任務だ。どこを潰すかはまだ決まっていない。弾数は限られている。はっきり言って二発しかないから。実弾訓練も出来ない。さらに言えば、シャイアン・マウンテンは、結構急峻な山だ。真上から爆弾を落とすというわけにもいかない」

「まるでダム・バスター作戦みたいなもんだな」

「ああ。当然、敵の対空砲火も熾烈を極めるだろう。われわれは、たった四人の家族を救うために、長駆英国から駆け付けて国民の感動を呼んだが、今回は全く実利的な任務だ。華やかさはない。それで敵を殲滅できるわけでもない。やるべきことは、NORADを外界から遮断、封鎖することであって、誰かを助けることでもない。それを理解してくれ。カリフォルニア軍団と、NORADの部隊は間もなく交戦する。英国空軍の戦闘機部隊は、敵地上軍を叩くために出撃するはずだ。運が良ければ、彼らの援護も得られるだろう。部隊を率いているのは、エミリーの兄上だ。噂では、親父と違い優秀なパイロットだそうだ」

　BBC記者としてオールドボーイ作戦の一部始終を機上からレポートし、一躍時の人となった、エミリー・サザーランドが後ろで軽く会釈した。

　うまくやってくれるだろうことを信じていたが、アメリカ人相手に戦闘機を繰り出すというのは、あまりいい気はしなかった。

「そういうわけでだ、みんな。納得し難い部分があることは確かだし、この若いエリートさんは、礼儀を知らんところもあるが、俺たちがぶつぶつ言ったからと言って、何がどうなる物でもない。すぐ身支度を調えてホワイトマンへと向かう。戦闘機部隊も、今はそこに展開しているはずだ。着陸は夜が明けてからになる。さらに、軍の施設はまま安全だが、それでも、あの辺りはかなり過酷な感染地帯だ。覚悟してくれ。われわれの年齢では、天然痘から生き残るチャンスはまずない」

　皆が「やれやれ……」という調子で腰を上げた。若造の中佐は事実上無視だった。

　スチュワートは、メモを取っていたエミリーの元に歩み寄り、「まあ何とかなるさ……」と肩を叩いた。

「われわれが到着する頃には、もう一戦終えたあとだろう。内緒の話だが、実はユーロ・タイフーンという戦闘機は、私も乗ったことがある。素晴らしい戦闘機だ。F‐22のステルス技術にも対抗する術を見いだしたとか聞いた。きっとうまくいくよ」

「同盟国同士で殺し合うなんて、良い感じはしないわ」

「WAAの実態は、カリフォルニア軍団だ。彼らを同胞だと思う必要はない。奴らを殲滅するためなら、私は喜んで手を貸すね。なあに、この連中だって、いざ任務を与えられれば張り切るさ。それがパイロットってもんだ」

「私たちの本当の敵は、ウイルスなんですよ？　民兵じゃないわ」

「かつてペストが旧大陸を覆い尽くした時、彼らが闘った相手は何だったと思う？　ペスト菌を媒介するネズミではなく、無知な隣人や疫病で信仰心を試そうとした教会だった。人間というのは、そういうものだよ」

「他の解決方法があったはずだと思います。今は中世じゃないわ。電話もあれば、黒魔術も必要ない」

「それは言えているな。今度、アメリカ人に教えてやろう」

　いつでもウィットを忘れないのが、この老兵らの強みだった。

　ウイニペグには、自家発電装置と一通りの夜間離着陸システムが整備されていた。カナダ全国で生き残った人々をかき集めた空港職員も機能していた。英国隊だけでなく、世界各地から駆け付けた航空ボランティアが、都合五〇機前後の支援機を運用していた。

　二機の大戦機は、明かりが点る滑走路を南へ向けて離陸した。続いて、英国空軍のエンジニア集団を乗せたロシアのイリューシン76輸送機二機が続いた。

英国からアメリカ合衆国へ派遣された英空軍北米支援戦闘飛行隊隊長のビクトリー・サザーランド中佐は、Ｂ‐２ステルス爆撃機の巨大ハンガーの中にいた。そのハンガーはホワイトマン空軍基地に横一列で作られ、全ハンガーは幅にして一マイルはあった。

基地内を移動するには、自転車ではなくオートバイが必要だった。広大な敷地中には、勤務する隊員の家族らが避難するためのテント類も建っている。

Ｂ‐２部隊が国外にいち早く避難したせいでハンガーはもぬけの殻だった。家族や住民らをそこに収容する余裕はあったが、サンディエゴで、海軍基地のハンガーを舞台にした大規模な感染事故が発生して以来、ハンガーで集団が寝泊まりする行為は避けるようになった。そもそもこの内陸部では、軍の家族の食糧を調達する余裕はあっても、地域住民の面倒まではとても見られなかった。

そのハンガーの一つに、派遣部隊のブリーフィング・ルームが設けられていた。

英国隊をサポートするベン・キャノン少将が、装具に身を固めた兵士らを前に最終ブリーフィングを行った。

「君たちの任務は、対地支援攻撃に赴（おもむ）く海軍の戦闘機を上空で援護することだ。向こうにだって海兵隊や海軍のホーネットはいるし、Ｆ‐15イーグルもいるだろう。海軍部隊は、カリブ海の空母から飛び立つ。彼らは手を汚す。今回の君たちの任務は上空警戒だが、そう簡単な任務ではない。向こうにはステルスのＦ‐22ラプターがいる。稼働（かせ）状態の機体が何機かはわからない。一二（ダース）機もいないはずだ。四機か、六機か。もちろん一機でも、あれは脅威(きょうい)だ。ただし、われわれはこのラプターを発見する術をこの半年間考えてきた。いや、もっと長い時間をかけて研究してきたと言って良い。われわれがステルスと呼んでいるものは、主(おも)に二つだ。レーダー反射と、熱源。レーダーに関しては、そこそこ解決できるようになった。完璧(かんぺき)なステルス技術をものにしたと言って良い。だが、熱源は別だ。そう簡単に排気熱を消したり冷やしたりはできない。わが軍は、ラプターの開発と並行して、この熱源を弾道弾用の早期警戒衛星で探知できるかどうかをずっと研究してきた。例の赤外線監視衛星(DSP)を使う。だが、まだテスト途中だったので、ネットワーク化はされていない。受信基地で察知し、無線で、おおよその位置を報せてくれる手はずになっている。マッハ2の超音速巡航では、会敵はあっという間だが、間に合うよう最善を尽くす。NATO軍の空中早期警戒管制指揮機(AWACS)が背後に控えている。心配は要らない。私からは以上だ。奴らを叩きのめしてくれ。航空戦力さえ殺(そ)げば恐れるものはない」

　代わってサザーランド中佐が前に出た。

「これはわれわれにとって初の本格的な作戦になる。おそらく、このような強敵を相手にするのは、バトル・オブ・ブリテン以来だ。われわれは新鋭機に乗っているが、敵はさらに最新鋭の戦闘機を繰り出してくるだろう。だが将来的に、われわれは彼らのような、ステルスで、かつ超音速巡航を前提とした航空戦に備えねばならない。それが教訓となるかどうかは、諸君らが生き残るかどうかにかかっている。最善を尽くして闘い、生き延びろ。では出撃だ」

　ハンガーを出てエプロンへと向かう。地平線はすでに明るくなっていた。地上部隊が敵と接触したという報告はまだない。敵の足を止める目的で、戦闘機や攻撃機部隊が、数度にわたり偽装出撃していた。

その度に敵は緊張し、立ち止まって警戒するだろう。だがやがて警報はオオカミ少年と化し、防空部隊は終夜の警戒に疲れて、気分に緩(ゆる)みが出てくる。そこが狙い目だった。敵が油断したところに、本物の攻撃部隊が海から上陸する手はずだ。

自分の名前がコクピット下に刻まれた愛機の真下に入り、機体各部、そして装備されたメテオBVR空対空ミサイルをマグライトでチェックする。

「すまないな、ビクトリー。本来なら、われわれの任務なんだが……」

キャノン少将が隣にしゃがみ込んで喋った。

「半世紀以上を経て、やっとアメリカ人に自らの血でもって恩返しするチャンスが来た。なのに自分はもうヨボヨボで、トイレもままならない。われわれの世代に代わって、ぜひ立派に任務を果たしてくれ……。そういうメールが基地のサーバーに殺到している。名誉なことだよ、ベン。そんなたいそうな期待を寄せられたパイロットは、ほんの二〇名もいないんだからな。われわれはまた、共に肩を組んで闘うさ」

二〇機からなるユーロファイター・タイフーンは、それぞれ背中にナメクジのように丸みを帯びた増槽(ぞうそう)を背負っていた。これで滞空時間を延ばし、より長時間、敵の脅威に備えることが出来る。もちろん、彼らには、空中給油機部隊も随伴していたが、敵に位置を悟られないよう、AWACSの遥か後方で待機することになっていた。

また、AWACSも、敵の攻撃に備えてタイフーンで守られていた。

タイフーンが、基地の隊員らに見守られて続々と離陸して行く。上空へ上がると、それぞれ四機編隊を組んで西への針路を取った。

三〇〇〇フィートも上がると、もう銀翼が太陽の光を浴びて輝いていた。


草鹿らを乗せたドイツ軍のマルダー装甲車は、時速一〇キロ程度のゆっくりとしたスピードでブロンクスの通りを移動した。幸いにして狙撃されることはなかったが、住民の視線は険しく、感謝されるような雰囲気にはとてもなかった。

来るのが遅すぎたし、来てもすぐ逃げ帰ったことが災いしていた。ニック・ウルジーから教えられた住所の二〇〇メートル手前に着くと、全員が装甲車を降りた。そして、装甲車を盾にして歩き始めた。

防護服の上から「FBI」と大書きされたベストを羽織るマンキューソ捜査官が、まるで囮でも果たすかのような雰囲気で、装甲車の前を歩いた。撃つ時は、まず俺を撃てという迫力があった。

その背後を武装した兵隊が続く。住民らは、まだめいめい朝食の最中だったらしく、あちこちで火を焚く煙が上がっていた。
四、五階建てのアパートが延々と続く。道はしっかりしていたが、装飾の類は全くない。歩道は所々アスファルトがめくれ上がり、平素でも夜は来たくないなと思わせる環境だった。
ありふれたドラッグストアの前で部隊が止まった。兵士が散開して周囲を固めている間に、まずマンキューソが中に入って様子を探った。

店の入り口には、東洋人風の若者たちがライフルを持ってストゥールに腰かけ、警戒していた。雑種の犬も一頭繋がれていた。小型犬で、人を襲うような感じはなかった。しかし、このドラッグストアには、某かの商品があるということだ。

看板に書かれたハングル文字で、そこが韓国系アメリカ人が経営するお店だとわかった。

「リー大尉。君の出番かもしれない。君、朝鮮語いける？」

草鹿は、リー大尉に質した。

「全然駄目です。行ったことすらないんですよ。親は二人とも国を捨てた移民でしたから」

「挨拶くらいは出来るだろう？」

「まあその程度なら。文法だって少しは理解しないでもないですが、尋問に使えるレベルじゃありません」

キム・ハウスと書かれた看板の店の中へ入ると、そこには興味深い商品が並べてあった。薪の類から紙の束、フードパックを開けたあとのビニール容器に至るまで堆く積まれている。草鹿は、一瞬、日本のテレビでよく放映されるゴミ屋敷を思い出した。

平時ならただのガラクタに違いないが、ここでは木ぎれの一本に至るまで、何もかもお宝に違いなかった。

白髪を短くバリカンで刈り込んだ中年男性が、マスクをして腕組みし、ビール・ケースの上に座って胡座をかいていた。

異様な風体の集団の出現にも慣れっこになっている様子だった。

「で？　何を知りたい」

「自分は、アイリーン・リー大尉です。父も母もソウルの出身です。故郷の言葉は駄目ですが。UASMRIIDの研究者です。ご協力頂けますか？」

男の態度は、リー大尉の台詞で一気に変わった。同胞というのはそういうものだ。

「少年たちのことだろう？　この辺りでは、俺が一番詳しい。先生が撃たれて死んだことを知ったのは、翌日のことだった。銃撃戦があったことは知っていたが、撃たれたのが先生だとは知らなかった。もしわかっていれば、奴らを子どもたちだけでどこかへ行かせやしなかった。俺たちは白人と違って家族意識が強いからな」

「マリーという女の子を知っていますか？」

「そうそう、マリーだとも！　母親は、うちのお得意さんでな。夫婦して駄目だった。みんな死んで行ったよ。マリーはまだベビーカーに乗っていた頃から、うちへ来ていた。赤いあめ玉が好きでな。俺らだってあの子を見捨てたわけじゃないんだ。スズキ先生が、子どもたちと一緒にいた方が、あの子のためだと言って。できる限りの援助は与えたよ。しかしあの子らも水くさいな。一言相談してくれれば、俺が面倒見たのに」

「あなたは、良いことをなさったんですね」

「いやぁ、あのスズキって先生に比べればたいしたことはない。あの人は、日本人（ジャップ）にしては全く見上げた奴だったよ。女房子どもを失いながら、この街に留まり、児童の面倒を見続けた。けどさ、仇は討ってやったよ。自警団が、先生を殺（や）ったギャングを二人、昨日通りの角で狙撃して頭をかち割った。この街には、子連れは襲わないという暗黙のルールがあるんだが、このところ、守られたためしがなくてな。だが、奴らもこれで思い知ったはずだ」

「少年たちには、何か秘密があるのですか？」

「それだよなぁ……」

主人は、腕を組み直してしばらく考え込んだ。

「……お前さんは、宗教はあるか？」

「クリスチャンです。教会にはちょっと縁がありませんが……」

「奇跡を信じるかい？」

「時と場合によっては。今がその時です。マリーを助けるためには、奇跡が要るわ」

「なら心配ない。彼らは無事だ。誰の助けも要らないだろう。そっとしておいてやれ」

「なぜ？　何に守られているんですか？」

「神の力によってだ。俺にはわからないが、そういうことだ。大人が手出しすべきことじゃない」

「その秘密を解き明かせば、みんなが助かるかもしれない」

「大尉、俺は中学も満足に出ちゃいないが、物事の道理はわかる。科学で解明できるようなことじゃないんだ。あの集団は何かの力に守られている。それが何かはわからないし、たぶん、何十年かけたって、その秘密を解き明かすのは無理だろう」

「秘密をご存じならぜひ教えて下さい。彼らはなぜマスクもせずに感染を防いでいるのか」

「スズキ先生と約束した。誰にも話さないと」

リー大尉は、しばらく会話を止め、考える時間を与えた。

「……キムさん。彼らはまたニューヨークに帰ってきました。セントラル・パークの南側にいます。ここよりさらに危険なエリアです。疫病だけならともかく、ギャングや食糧不足からも神が守ってくれるわけじゃない。すでに保護者は死んだのです。一刻も早く保護しないと、彼らの奇跡がいつまで続くか誰もわからないでしょう」

「セントラル・パークの南に？……。そら誰か新しい保護者を見つけたということじゃないのか？」

「いいえ。艀（はしけ）で渡った時には、子どもたちだけで、そんな当てがあるようには見えなかったそうです」

「うーん」と主人は唸（うな）った。

「俺はあんたの倍近くは生きてきた。がむしゃらに働いたよ。移民局に怯（おび）えながら。人の運不運も山程見てきた。あいにく奇跡には縁がなかったし、そんなものがあるとも思わなかったがな。そこにいる、子犬、ロッキーって言うんだ。ある日、ギャングとの撃ち合いに巻き込まれて、左脚を撃たれた。腱を切ったらしくて、ずっと片脚を引きずっていた。何しろ獣医も薬もないし、化膿するばかりで、もう殺して喰うしかないと思った。誤解するなよ、アメリカ人さん。俺が韓国人だから喰うんじゃない。喰い物がないから喰うしかないと思ったんだ。そしたら、ある日、あの集団の中の女の子、ジュリエットとか言ったな。ロッキーの脚を撫でていた。毎日やって来て、一〇分ばかり撫でているんだ。ロッキーはその間至福の顔をしていたよ。一週間それを続けたら、何と治っちまった。それで信じるようになった。この女の子には超能力があるとな。スズキ先生の話じゃ、彼女のオーラが子どもたちを守っていたんだそうだ。ただし、そのオーラは一二人しか守れない。一人でも増えると、そいつはあっけなく死ぬ。そのことがわかってから、彼らはずっと一二人で行動していた」

「しかし、その話だと教師はどうなるんですか？彼は一三人目になる」

「ああ、あの人はなあ、いつも病気がちだったよな。この頃は、始終咳き込んでいた。撃たれるまで彼が感染しなかったのは、幸運だろう。彼はきっと、神様が守ってくれたのさ。一二使徒を守る僕として。荒唐無稽な話だろうと思うが、俺はそれを信じているよ。こんな状況じゃ、奇跡でも信じないとやっちゃらんねえぜ？」

「ええ、まあそうですね……」

「だからさ、探し出したって、無駄だと思うよ。何やら現代科学では証明しようもない不思議な力で守られていましたってことで時間を無駄にするだけだ」

「彼らがもしこちらへ帰ってくるとしたら、ねぐらのようなものはあったんですか？」

「もう何もない。連中が出て行ったあとのお昼には彼らのねぐらは略奪に遭い、洗いざらい持って行かれた。彼らが帰ってきても、居場所はない。見つけたら、俺が面倒を見るよ。連れてきてくれ」

「必ずお知らせします」

礼を述べ、謝礼代わりにフードパックを一ダース置き、店をあとにした。そして装甲車に引き揚げた。隠しカメラとマイクで拾った音を早速巻き戻し、再生して聞き直した。

「ま、突拍子もない話だよな……」

マンキューソは、いささかあきれた感じだった。暗いキャビン、マスクのせいで表情を窺うのは難しいが、こんな馬鹿げた人捜しは初めてだという雰囲気だった。

「何事にも裏打ちはあるはずだ。オーラというのは、彼らの解釈だろう。抗菌作用のある何かと考えれば良い」

草鹿は冷静に、かつ真面目に言った。

「抗菌作用のあるオーラだったら凄いわよね」

エリカ・ローランサン中佐も、少し落胆した感じだった。

「犬の脚が治ったのは自然治癒と解釈するとして、もし何か既往症による感染抑制だとすると、納得がいかないわ。子どもたちが何かの病気を煩っていたようには思えない」

「一二人という枠はどう解釈すれば良いんだろう。ただの偶然かな」

「合理性がないわ。偶然でしょう。彼らはそう信じたいのよ。宗教的な数字だし、何より一三は縁起が悪いから。それで説明が付くでしょう。一三人になると、誰かが死ぬ。一三は縁起が悪いからだ。だったら一二人に意味があることにしよう。そういう思いこみだわ」

「彼らが潜んでいた場所を徹底的に調べよう。何か既往症があって、それが感染性のものであれば、採取して培養できるかもしれない。この辺り一帯で、ああいう特殊な事例はないのかな?」

「待て待て……。そう言えば、ろくなマスクをしていない連中とすれ違ったような気がするぞ。装甲車の中で、モニター越しに見ただけだがな」

マンキューソが真面目な顔で言った。

「何かわからないが、住民が持っている何かが、感染から守っているのかもしれない」

「このエリアで、大規模な疫学調査の必要があるわね。でもわが軍には、もうそんな余力はないわよ」

「自衛隊に出動を要請するよ。西海岸もメトカーフ基地も落ち着いてきて、そう人手も要らないだろうし、物資もある。今要請すれば、カナダ経由で今夜中には物資と人を搬入できるだろう」

「お願いします。正直なところ、部隊も疲れているわ。こんな過酷な状況だとは思ってもみなかったから」

一行は再び引き返し、少年らが潜んでいたねぐらの場所を聞き出し、野戦病院を立ち上げられそうな敷地を物色することにした。


ヴィレッジのギャング・チームを束ねるその男は、〝アリゲーター〟と呼ばれていた。左胸に、ワニの入れ墨があるという噂だったが、それを見た者はいなかった。誰も本名を知らなかった。白人男性で、年齢は四〇歳代半ば。非情で、笑う時は、誰かを殺す時だった。

二番街の由緒ある教会に住んでいた。いつも祭壇に腰かけ、手下を睥睨して命令する。彼には強みがあった。すでに感染したあとだった。全身に痘痕が残ったが、それでも彼は防護措置なしに空気を吸えた。他人と接触できた。

　アリゲーターは、若い黒人男性を十字架の下に呼び付け尋問していた。

「着いたのは、たぶん四時間か、五時間前だと思うよ。お、俺も正確なところは知らないんだ。噂を聞いただけだから」

　男は、酷くびくびくしながら喋った。

「十数人の、ガキだけの集団らしい。それを政府が必死になって探しているって話だ」

「理由はなんだ？」

「ミスター。その……。ビルを一つ欲しいんでさあ。七階建てで良いんだ」

　男は揉み手で話しかけた。

「役に立つ情報ならくれてやろう。屑なら、俺の時間を潰した罰を受けることになる」

「もちろん役に立つ情報でさぁ。何でも、政府高官の隠し子がその中にいるらしい。相当な大物で、国防長官や国務長官クラスの隠し子だって話です」

「そりゃまた、事実なら凄い話だな……」

　アリゲーターは興味なさげに言った。

「そいで、そのガキどもは、つい隣のチェルシーへ逃げ込んだらしい。まだあそこを出ていないみたいです」

「ま、お前の情報が正しければ、褒美をくれよう。ガセなら、お迎えが行くことになる。行って良いぞ」

　男がすごすごと下がると、アリゲーターは声を上げた。「ファーザー・ロッド！」と部下を呼んだ。

　身長二メートルはある神父姿のロッドが現れ、「いかが致しましょう？」と耳元で囁いた。

「チェルシーのゲイどもをつつけ。奴らを叩きつぶす良いチャンスだ。このご時世に文化だ愛だのの戯言にはウンザリだ」

「わかりました。ただちにかかります」

「子どもらは昼間は休んで、夜になったら歩き出すつもりだろう。チェルシーを囲む北側のギャング集団にも話を付けて包囲させろ」

　政府を困らせることなら、何でも歓迎だ。とりわけ取引材料になるものなら、核兵器だろうが子どもだろうが大歓迎だ。他人の手に渡る前に自分が抑える。それが大事なことだと、アリゲーターは思った。

　自分は、いつも余所のギャング集団から馬鹿にされていた。自分が支配するエリア内にニューヨーク大学というサンクチュアリの存在を許していた。目論見があってのことだったが、それが他のギャング集団からは、弱腰と見られていた。

　これでチェルシーを手に入れれば、奴らも少しは見直すだろうと思った。


　一二人の少年少女は、上と下の階に別れて眠っていた。夜には出て行くつもりだったが、晩飯まではゆっくり出来そうだった。

　見張りとして、ピットとケンイチ二人が、階段に腰を降ろして「ここも悪くないな」と軽い世間話を交わしていた。南の方で一度銃声が聞こえたが、一〇〇メートルも向こうの銃声には鈍感になっていた。

「考えてみると、ブロンクスを出て以来、俺たちが立ち寄った所って、どこもブロンクスより遥かにましだったよな。安全だし、喰い物もあったし、火も自由になったし……」

「でも、ここみたいなまともなトイレはなかったよ」

「そいつはブロンクスだって辛いよな」

「でも、何かが欠けている。ブロンクスには、こや、ニュージャージーにはないものがあった。俺たち、有色人種はさ、ニュージャージーみたいな所は駄目だね。街に埋没できないよ。やっぱりここが良い。ブロンクスにマンハッタンが。オリエンタルが街を歩いていても誰も振り返らないところが良いよ」

「そうかもな。この街には独特の雰囲気があるから。悪党もいれば善人もいる。こういう街って好きだよな」

　また銃声が響いた。結構派手に撃ち合っているようだ。そのうち、怒声が響いて来る。仮設トイレの清掃作業に当たっていたボランティアが、「まずいな、こりゃ……」と言って引き揚げて行った。しばらくベランダで様子を見ていた住人らも、部屋の奥へと引っ込み始めた。何が起こっているかより、流れ弾に当たらないのが第一だ。

　二人もそろりそろりと腰を上げた。そこへ、自転車のブレーキをかけるキーッという音が響いた。早朝、世話になった若い女だった。

　サドルに跨ったまま、「あんたたち、いったい何者!?」と怒鳴った。

「え？　俺たち？……」

「そうよ。隣のギャングどもが、ここに逃げ込んだ二人の子どもをよこせと発砲して来たのよ。何かやらかした？」

「別に。だって、俺たちここに土地鑑とかないですよ。隣のエリアも今朝横切っただけだし……」

「信じてやるけど、もし嘘だったら叩き出すわよ。部屋の奥に、弾避けを作って身を低くしてなさい」

　女は、ペダルをこごうとした。

「あの！　ギャング相手に勝てるんですか？」

「あたしらを見損なわないで。奴らと張り合うくらいどうってことはないわ。今度は本格的みたいだけど。大丈夫よ。蹴散らして見せるわ」

二人は、慌てて三階の部屋に駆け込んだ。みんな、銃撃戦が始まっているというのに寝息を立てていた。

玄関で、二人はひそひそ声で話をした。

「何が起こったんだと思う？」

ケンイチが訊いた。

「ニュージャージー・ホームから情報が漏れたんじゃないの？　ギャングにさ。首に賞金がかかっているとか、そういう話になったんだろう。みんなを起こして逃げよう。今すぐ出発すれば、北へ抜けられる」

「それしかないな。俺は女子を起こしてくるよ」

「頼む。カートはもう捨てるしかないぞ。持てるだけの荷物を持って逃げるんだ」

ケンイチは、階段を駆け上がり、女子を叩き起こした。外で怒声が響き渡る。サイレンも鳴っていた。全員応戦を意味するサイレンらしかった。

路上を人々が駆けてゆく。銃声はすぐ下まで迫ってきた。

荷物は、あらかた片づけてあった。こういう時に備えて、いつも出発準備を整えてから床に就く。三分もあれば、マリーをおぶって出発できる。

ピットは、ベランダから窓の外を見下ろしてぞっとした。油の切れたトラックを住民が押していた。きっと盾にするのだ。これでは道路に出るのも大変だと思った。

もしギャング集団がここを知っていたらことだ。

「ピット、ここの場所が知られている！」

ボギーが囁いた。

「どうしてそう思うんだ？」

「銃声はそんなに多くない。このエリアを一点突破しようとしている。奴らは通りの名前までは知っているということだろう。今、道路に出るのは危険だ。反対側のビルに出られれば別だが……」

「ビルのサイドに隙間（すきま）はないぞ」

「ここいらにはな。だが上は違う」

ボギーは、天井を示した。

「屋上か⁉……。みんな上だ。屋上を目指せ。持てるだけ持って。ケリー、マリーを抱いてくれ。それとハルもだ」

みんなで七階の屋上へと駆け上った。ビットリオが、下の壊れたオートロックの鉄柵を針金を回して鍵をかけた。時間稼（かせ）ぎだった。

屋上に出たら、皆、身を屈めて下から見えないようにした。北側のビルとは二〇センチも隙間がない。難なく飛び越えられた。どこかで、西側のビルへと飛び移らねばならなかった。三つ目のビルまでは、ほとんど難なくジャンプできた。

だが、その北隣のビルは難題だった。一階低い。そして、その向こうのビルは八階建てだった。降りられてもジャンプは無理だ。

逆に、西側のビルとの間には、地上に車を入れる分、幅四メートルはあった。しかも、こちらより二階分高かった。

「ここで下へ降りるか？」

「無理だ。たしかこのビルの玄関は、歩道までぎりぎり張り出している。降りた途端に誰かに目撃されるぞ」

マリーを背負うケリーが「あれしかない！」と指さした。屋上と屋上の間を電線が張っていた。電話線か電線かはわからないが、たとえ電線にしても、今は当然電気は通っていない。

「俺がロープを持って向こうまで渡るよ。下の部屋に降りてロープを投げる。タオルでも巻いて、滑車の要領で滑り降りれば良い」

「無茶だよ。それに時間がかかる」

「時間がかかっても、この辺りは袋小路(ふくろこうじ)になっていて外からは見えない。やるだけのことはある」

「やろう！　きっとうまくいくさ」ボギーが背中を押した。

　ケリーは、ぐるぐる巻きにしたロープをたすきがけにすると、手袋を締(し)め直し、電線を引っ張って強度を確かめた。恐る恐る屋根にぶら下がり、ケーブルへとぶら下がった。ケリーの体重で、がくんとケーブルが沈み込む。だが、ケリーは、反動を付け、まるで猿のような身軽さで、隣のビルの八階のベランダに飛び込んだ。そこにロープを固定してこちらに放り投げる。あとで回収しやすいよう、こちら側では結ばず、屋上にあった重量物運搬クレーン用のフックに通して、また端をケリーに投げた。

　ケリーが、それをしっかり結んだ上で、下の七階のベランダへと降りる。

「先頭は誰だ？」

「俺が行ってみる」

　ピットの問いにビットリオが右手を挙げた。タオルをロープに回し、すぐ下を持って、ゆっくりと降りる。

　一瞬ワッ！　と声を上げたが、あっという間に向こうの七階へとたどり着き、ケリーが抱き止めた。

　その様子を見ていて、ピットは駄目だと思った。出だしのG(重力加速度)が強すぎる。女の子は手を離す危険があった。

「リュックだ！　背負ったザックにもう一本ロープを渡して、こっちで支持しよう。引っ張れば、衝撃が弱まるし、いざ手を離しても、地面まで落っこちずに済む」

　みんな似たり寄ったりのザックを背負っている。首の後ろでザックにロープを通し、ケーブルにぶら下がる寸前、それで体重を支えるようにした。

　試しに、トレイシーが志願してくれた。うまく行った。続いて、ジュリエット、ビクトリア、ザックに入れたハル。マリーは、マルケスがロープで背中に縛って、降りた。続いて、ケンイチ、ロバート、カール、ボギー。最後はピットだった。

　ピットが降りる頃には、大声を上げながら階段を上って来る男たちの怒声が聞こえていた。間一髪だった。体中の血液が沸騰する感じだった。

　七階の部屋に忍び込む。そのビルも無人で、もぬけの殻だった。

「さて、どうする？　下へ降りて走るか？」

「今となっちゃ無理だな。一人でも目撃されたら、あっというまに追い付かれる。そりゃだいぶリスキーだぞ」

　ボギーが興奮した顔で言った。外で怒声が聞こえる。

「しまった！　ロープを回収するんだった⁉」

　ピットとケリーが慌ててベランダに出た。ケリーは、八階のベランダにロープを結ぶ時に、下から解けるよう工夫していた。解いて、引っ張る。

「みんな引け引け！」

　こっちだぞ！　という怒声が響いてくる。

　慌ててロープを引っ張りこみ、部屋の奥へと逃げ込んだ。物陰に隠れて、次は銃だ。ブッシュマスターを構えて、マガジンを装着した。ボギーが壁際で、男たちの会話を盗み聞きしていた。

　マリーは今にも泣き出しそうだった。トレイシーとビクトリアが二人がかりで必死にあやした。いざとなったら手で口を塞ぐしかない。

「ケリー！　どこであんなロープワークを憶えたんだ？」

「俺、一応、イーグルスカウトを目指しているからさ」

イーグルスカウトは、ボーイスカウトの最高峰で、アメリカの宇宙飛行士の多くがそのイーグルスカウトのエンブレムを持っていた。

「ブロンクスからイーグルスカウトか。俺、一年前なら笑い転げているぞ」

「本気なんだぜ。まだセコンド・クラスだけどさ」

ケリーが珍しく悲しげな顔をした。

「悪かったよ。だって、ケリー。そんな特技があるんなら、もっと早めに教えてくれてもさ……」

「俺は一応、フットボール選手が夢だからさ。ボーイスカウトなんて、みっともないじゃない。でも気付いてくれよ。何のためにロープを持ち歩いていたと思っているの。幸いこれまでほとんど使う機会がなかったけどさ」

ボギーが人差し指を口に当てて、静かに！ と注意した。

息を潜めると、男たちの会話が聞こえてきた。

「ここは飛び降りられないだろう」と一人が言うと、「電線伝って降りたんじゃねえか？」と一人が言う。「二人もは無理だよ、絶対」ともう一人の声が聞こえた。

「やっぱ、北隣に飛び移って、地上に降りたんだろう」

ということで落ち着いたらしく、一行は、北隣のビルに飛び降り、やがて物音が消えた。

「とにかく、冷や汗もんだったな……」

みんな、今頃になって荒い呼吸に気付いた様子だった。

「俺、熱が出そうになったよ……」

ピットが溜息を漏らした。

「もし、ビルを一軒一軒チェックされたらどうする？」

「そうだな。応戦するには、敵は手強そうだ。あっという間に押し入られたからな。まずはこのビルで居留守を使おう。気を付けてくれ。埃が溜まっている場所をうっかり触るな。誰かがいることを教える羽目になる。隠れる場所を探そう。天井裏、靴箱、ロフト。身を隠せそうな所ならどこでも良い」

「家財道具がほとんどないから、身を隠すと言ってもねぇ……」

　ビクトリアが辺りを見回した。本当に何もなかった。やつらが、ローラー作戦を始めないことを祈るのみだった。


　テキサスを出発した陸軍第四歩兵師団、通称デジタル師団に所属するＡ中隊のＭ１Ａ２ＳＥＰエイブラムス戦車一四両を率いるエリック・メックリンガー中佐は、車体の軋みを感じながら、ぐんぐんと坂道を上り続けた。すでに砲塔は正面を向いている。

　急ぐ余り、そして燃料も心許ないせいで、歩兵部隊を後方に置き去りにしての進軍だった。

　すでに太陽が昇っていたが、幸い間に合った。間に合ってくれた。布陣する暇があれば良いがと、先頭車両の車長席で考えた。

　砲塔をぐるぐるまわし、後方からの敵に備える。ＮＯＲＡＤが自分たちの墓場になるのは、名誉なことだと思った。

　途中、海兵隊武力偵察部隊を率いるブレッド・ノートン少佐を自転車ごと拾った。

　砲塔に腰かけさせて、状況説明を受けた。

「敵は、こちらの度重なる欺瞞措置によって、相当、足を止められましたが、そろそろ限界です。もう麓まで来ている。ところで、後続はいつ頃到着しますか？」

「後続？　一応、A中隊は威力偵察のつもりだったんだが、後続はない。われわれが本隊で、全てだ」

「そりゃまた心強い」

「燃料がないのだ！　少佐。しかし、そういう海兵隊だって、いったい戦車部隊はどこだ？」

「壊滅したか、カリフォルニア軍団に寝返ったかのいずれかでしょう」

前方で何かの対空機関砲が火を吹いた。小さな飛行機に命中して墜ちてくる。無人偵察機だった。ちゃちな飛行機だが、下界の様子が丸見えになる。大きな脅威と言えた。

「こっちにはミサイルとかないの？」

「同士撃ちを避けるために、われわれは中距離の対空システムは使わないことになっています。その代わり、航空防御を得られると聞いています」

突然、最後尾の第四小隊の一二〇ミリ滑腔砲が火を吹いた。カーブしている背後で、ジープが宙に舞うのが見えた。

「どうやら、敵も先鋒が上がってきたようだ。俺たちはどこを守れば良い？」

「正面は結構です。的になるだけですから」

「戦車を侮るな。こう図体がでかくても、身の隠し方は知っている。何でも手伝うぞ」

「まず、側面にある、予備のサービス・トンネルを守って下さい。そこで防御陣形を築いてもらいます。残りの車両は、正面に回して下さい。じゃあ、私はこれで」

「君らはどこにいるんだ？」

「われわれはもう少し下で妨害工作に出ます。応援が来ないんなら、山肌を削って道路を崩落させても良いでしょう。約束しますが、皆さんはたぶん夜まで寝て過ごすことになりますよ。そう簡単には、渡さない。半年も入念に準備して来たのですから」

「獲物は残しておいてくれよ。カリフォルニア軍団にはいろいろと恨みもある」

「はい。その心配はありません。彼らは圧倒的だ」

　少佐は、自転車を抱えてひょいと戦車から飛び降りると、麓へと向かってペダルをこぎ始めた。

　無人偵察機を運用しているのは、正規軍も同様だった。防衛本部の小さなモニターで、その無人偵察機が映し出す映像を、将官らが喰い入るように見守っていた。まだ基地ゲートまで五マイル以上も先のポイントだった。

　カリフォルニア軍団の、南部連合軍の旗を掲げたブラッドレー装甲兵員輸送車が画面の下を通過した。その後ろに戦車二両が続いている。かなりの急斜面を削って作られた道路だった。

　次の瞬間、山が一気に爆発し、大量の土砂がその二両の戦車を見舞った。谷底まで、何度もひっくり返りながら落ちていく。二両とも、途中でガスタービン・エンジンに火が回って派手に爆発した。

　土埃が収まると、長さ五〇メートルほどの崩落が出来ていた。道路など跡形もなかった。拍手が起こった。

「や、気分が良いね。これでアッカーマンは、半日は身動き取れないだろう。歩兵だけで攻略するというのならともかくな」

　スコット国防長官は、満足げに頷いた。こういう時は、備えるチャンスのあったわれわれに分があるというものだ。

　時間は稼げる。その間、敵の部隊は、地上に剝き出しになる。そこを空から叩くのだ。料理すると言っても良い。

そう易々と殺られるつもりはなかった。とりわけ、あのアッカーマンに対してだけは。

Chapter 7

初めての殺人

アッカーマン将軍は、工兵部隊を率いるダジル・ツリーポット大佐を指揮車に呼び出し、無人偵察機からの情報が入ってくるのを待った。

RQ‐1Bプレデター無人偵察機は、山肌にキスでもするかのような超低空で飛び、梢のまだ下を縫ってぐんぐんと斜面を上っていく。

映像は無線のライブで指揮車に届けられる。右手に住宅街が見える。NORADと言えば世間はいかめしい軍事施設をイメージするが、実はこの辺りはロッキー山脈の結構な保養地としても知られていた。今はもちろん無人の街だったが。

パッと視界が開けると、真正面に崩落した山肌が見えてきた。だが、プレデターは、その崩落箇所を飛び越えることは出来なかった。左翼から何かが飛んできたかと思うと、ぷつりと映像は途切れた。

撃墜されたのだった。撮影したビデオ映像は、HDDに蓄積され、たとえ撮影中でも任意のポイントから再生できる。

「やはりですね……、これはことですよ、将軍……」

大佐は険しい顔で溜息を漏らした。

「たぶん、積もった土砂は、下を見て三〇〇〇トンかそこいらですよ。長さにして一五〇メートルはある。ここを見て下さい。積み木崩しのようなもので、下の土砂をかき出しても、すぐ上から次の土砂が滑り降りて来るでしょう」

「何時間くらいかかる？」

「時間？　いやぁ……。将軍、これは突貫工事でも四日はかかるでしょう」

「そんなには待てない。こんな所でぐずぐずしていると良い標的になるだけだぞ」

「これは平和時に作業しての話です。こっちの地図を見て下さい。ここはちょうど彎曲していま す。西に谷、そして反対側斜面との距離は五〇〇〇メートル。戦車砲で狙うには絶好のポジションです。彼らは、それを狙ってわざわざここを崩落させせた」

「何かアイディアを出せ」

「この崩落した山はそう高くはありません。戦闘機で爆弾を運び、もう少し削ってなだらかにします。そして、さらに爆弾で土砂を吹き飛ばす。穿たれた孔を重機で啓開して進めば、まあ半日くらいでどうにかなるでしょう。精確な爆撃が必要だし、この対岸の敵を黙らせる必要もありますが」

「よろしい。君に必要な航空兵力を委ねる。早急に道を拓け」

大佐が指揮車を降りると、将軍は、参謀役のニコール・トールマン少佐に向き直った。

「ある程度は予測されたことだが、さて少佐。ここは山登りしてもらうしかないな」

痘痕も生々しいトールマン少佐は、深々と頷いた。

「想定済みの事態で、準備は出来ております。敵のUAVを潰しつつ三方向から、ここと、ここと、ここから攻めます。空からの侵入を阻止できれば、問題はないでしょう。敵の防備は薄い。陣地を作る時間はあったでしょうが、所詮、数は少ない」

「機甲部隊に遅れを取るな。スムーズに展開することが大事だ」

「戦車より先にヒルトップを占領します」

「その意気だぞ」

少佐が指揮車を出て行く。遠くでLAV・AD防空システムの二五ミリ・ガトリング砲が火を吹いた。敵もUAVを飛ばしていた。あちらのは、陸軍のデジタル師団第一〇四軍事情報大隊A中隊が運用していたシャドー200C無人偵察機だ。五〇キロの行動半径、四時間の滞空能力を持つ。カリフォルニア軍団が持つプレデターは、目標上空で四〇時間運用でき、しかもヘルファイア・ミサイルを搭載できたが、シャドーは前線での使用を前提としていたので扱いが容易だった。

「ここもいよいよ賑やかになって来たな」

アッカーマンは、無言のまま聞き入っていた音無三佐に話しかけた。

LAV装輪装甲車の指揮車と言っても、そうキャビンが広いわけではない。地図やモニターを広げて参謀クラスと話すには、四人も入ればいっぱいだった。それでもアッカーマンは、音無にそこにいることを求めた。

「なかなか、敵もさるものですな。最小のコストで時間を稼いでいる」

「うん。まあ最初はこんなものだろう。相手の手の内を覗きつつジャブを繰り出す。何がボディブローになるかわからないのが困りものだがな。この爆破は、ちょっと痛かった。彼にとっても、地上支援は当てにしないことの意思表示だろうが」

「腹が据わっている。さすがはベトナム帰還兵が指揮しているだけのことはある」

「現役時代、スコット長官とは、何度か会ったことがあったが、彼は私のことを快く思っていない様子だった。ま、ベトナム帰還兵から好かれていると感じたことは一度もないがね。負け戦の指揮官というのはそういうものだ」

「部下に誉められるために軍人になったわけでもないでしょう」

将軍は歯を見せて笑った。

「全くだ！　音無君。つくづく君とはうまが合いそうだよ」

それは事実だろうなと音無は頷いた。腹立たしいが、軍事の理という意味では、アッカーマンの言うことはいちいちもっともだった。

　アッカーマンの指揮車から三〇〇メートル離れたエリアに、陸上自衛隊の四両のピラニアⅣ装輪装甲車が続いていた。

　音無の部下たるサイレント・コアの一個小隊が乗っていた。先頭の指揮車両で、小隊を預かる土門康平三佐は、衛星無線で、同僚の司馬光三佐からの電話を受けた。彼女もまた一個小隊を率いている。

「今、どこ？　ロスにいるんじゃなかったの？」

「空自のU-4の中。ウイニペグを経由してオタワでルフトハンザに乗り換え、ニューヨークのラガーディアへ向かいます」

「なんで？」

「化学学校の草鹿さんに呼ばれました。大規模な疫学調査を現地で行うために、治安維持に当たって欲しいと」

「なんで？」

　土門はそればかりを繰り返した。

「だってあっちはドイツ軍が入っているんでしょう？　それに、ホワイトハウスに知られたらまずいんじゃないの？　ＷＡＡをサポートしている日本の自衛隊がニューヨークになんぞ入ったらさ。爆撃されても文句は言えない」

「だから、表面上ドイツ軍を装って入ります。われわれは、施設が立ち上がるまでの警備に当たります。一応、音無隊長に報告して下さい。そっちはどう？」

「道路を爆破されて見事に足止めを喰らっている。俺、今にも逃げ出したいよ。いつ、誘導爆弾が降ってくるかわかったもんじゃない」

「せいぜい気を付けて下さい。防空ユニットはあって？」

「富士学校でテスト中のを一両ぶら下げて来た。ミサイルに対しては無力だろう。アウトレンジでカリフォルニア軍団が迎撃してくれないと」

「まあ、あなた達は人質ですからね。じたばたしても始まらないわ。それとも我々と交代する？」

「冗談じゃない。マンハッタン島は、一番汚染が酷いんだろう？」

「私たちが向かうのは、マンハッタンじゃなくてヤンキースタジアムを抱えるブロンクスです。川というか運河でマンハッタン島とは隔てられているわ。実際には行き来はあるみたいだけど」

「どっちも嫌だけど、俺はウイルスより鉄砲の弾の方がいいや」

「あと、事後承諾になりますが、ラスベガスからタケオ君にも来てもらいます。汚染度が厳しいので、アイリーンにも応援を頼んだわ。彼女、すでに感染したから免疫がある」

「よろしく、全員無事に返して下さいよ。アウト――」

全く、究極の選択だなと思った。全米一のホットスポットで治安維持に当たるか、ここで世界最強の軍隊からの攻撃に怯えるか。どっちにしても最低で最悪の選択だ。ラスベガスでビールを飲みながら、各国からの平和部隊の相手をしていたのが夢のようだった。


ラスベガスの支援本部を預かる綿貫岳雄は、信頼できるメンバーを数名引き抜いて、ホテル・ベネチアンの屋上へ通じるエレベータへと向かった。そこでヘリが待っている。空港で自衛隊のジェット機に乗り換え、こちらもウイニペグ経由でニューヨークへ向かう手はずだった。

廊下を歩きながら、同僚のメリッサ・ボールが、

「直行すればほんの五時間なのに……」と呟いた。

「そうだな。ホワイトハウスを刺激しないためには仕方ないだろう。どの道、夕方着いても夜は動けないだろうから」

「私が同行しなくて大丈夫ね？」

「ここの業務を麻痺させられないよ」

共に、西部地域の支援任務を一手に仕切る重責を担っていたが、まだ二〇代前半の学生だった。

「アイリーンがいてくれるなら心強い。あっちでもネットが立ち上がったら、ここの日報を覗くよ」

「ウイルも呼ばれたんでしょう？」

「僕と同じで何でも屋だからな。誰より役に立ってくれるだろう」

「それに、サヤもいるんでしょう？」

タケオはにんまりと微笑んだ。一大メロドラマの末に結ばれた二人だったが、恋人の方はずっとロスの平和部隊勤務だった。

「司馬さんが気を利かせてくれたのかもしれない」

「羽目を外さないようにしてよね。急いでキスしようと、マスクを脱いだ瞬間に感染するかもしれない。セックスは必ず除染措置を行ったあと、陽圧ルームで行うこと」

「憶えておくよ」

エレベータ・ホールへ駆け込む。

「じゃあメリッサ。あとをよろしく！」

「忘れ物よ」

平和部隊の象徴である鳩をあしらった徽章が付いた水色のベレー帽をメリッサはタケオに手渡した。

平和部隊は一応の階級章を持っている。今では彼も、大尉待遇だった。階級に恥じない働きをし、任務を全うする。それがオタク青年としての彼の誇りだった。

　ＦＡＶチームは、ブロンクス動物園からブロンクス川を挟み、東側の土地に防疫センターを設けることにした。川から水が得られることが利点だった。とんでもないどぶ川で臭気が漂っていたが、濾過して蒸留すればどうにかなる。

　辺りに人工構造物はなく、緑は跡形もなかった。一面、土が剝き出しになっている。水はけが良くないせいで、避難民が近寄らないエリアがあった。テントやプレハブを建てるには支障はないし、水はけは重機を持ち込むことで解決できる。

　戦車部隊を押し立てて、周囲の避難民にやんわりとプレッシャーをかけた。

　この地域の不思議なところは、町中にゴミがほとんど見られないことだった。避難民が清掃に神経を使っているわけじゃない。ゴミといえどもそれだけ貴重なのだ。それだけ、人口密度が高いということだった。

　ここでも、彼らは不思議なことに気付いた。人口密度が高いということは、それだけ生き残った人々が多いということだ。何か秘密がありそうな気がした。

　昼ご飯をどうしようかそろそろ考えなければならなかった。休憩も必要だ。防護服を着たままではトイレもままならない。

　事前に展開していたドイツ軍部隊が、細々とした野戦型休憩施設を設けていた。そこを借りようとしていたところに、自転車に乗ったニック・ウルジーが、息を切らせて駆けてきた。

「面倒なことになったらしい……。少年らが窮地にある」

「どこで？」

　マンキューソ捜査官が訊いた。

「チェルシーだ。ここは、芸術家やゲイがサンクチュアリを宣言し、それなりに守ってきた。周囲を囲む三つのギャングと冷戦を続けて来たが、今朝、南を支配するアリゲーター教団が、一斉攻撃を始めた。アリゲーター教団というのは、ボスが教会に立て籠(こ)もっているせいでそう呼ばれている」

「彼らは、少年少女を捜しているのかい?」

「そう。仕入れた情報では、政府高官の隠し子がその中にいて、生きて捕まえれば、結構な報奨金が約束されるというデマが出回っているらしい」

「それはまあ、不幸中の幸いだったな。生死(デッド・オア・アライブ)を問わず、というのが一番困る。それで捕まったのか?」

「いや、チェルシーのサンクチュアリは崩壊し、われわれに助けを求めてきた。だが、われわれはボランティア・グループであって、民兵じゃないからな。武器は使わないからこそ、これまでもギャングの支配エリアで行動できた」

「捕まったのか彼らは」

「それがよくわからないんだ。エンジェルズは、銃撃戦の最中、忽然(こつぜん)と姿を消したらしい。ギャングも発見していないし、サンクチュアリの連中も全く目撃していない。ただ、あの辺りは小さなビルが林立しているから、そのどこかに潜(ひそ)んだままだろうと思う」

「もし助けるのであれば、急いだ方が良い。いずれ奴らはローラー作戦に出るだろう」

　マンキューソは、ローランサン中佐の顔を見た。

「戦車部隊と歩兵の共同作戦を行いましょう。どういう作戦が良いかは彼らに聞いてみないと……」

「それで見つかれば良いがな」

「出てくるとは思えない」

草鹿が頭を振った。

「今日まで逃げ延びたんだ。彼らにとっては軍隊もギャングも一緒だろう。だけど、ギャングに捕らわれて、VIPの隠し子なんかいなかったとわかったらまずいことになる。どっちにしても助けに行くしかない」

「選択の余地はないわね。私はすぐ相談して来ます。それまでに、皆さんは、トイレと食事を済ませ、水分を取り、新しいフィルターと交換して下さい」

ローランサンは、ウォーキートーキーでユンカー少佐を呼び出しながら走った。ここからマンハッタンのチェルシーまでは、二〇マイル近くはある。戦車を飛ばしても一時間だ。間に合えば良いがと思った。

走りながら、そうだ、ラガーディア空港だ！ と気付いた。あそこからなら南下してイースト・リバーの橋かトンネルを渡れば良い。これまでは、橋を確保しておく兵力がなかったせいで南ルートの確保は避けていたが、通過するだけなら問題ない。

基地から出発する部隊はそうさせれば最短コースをたどれる。

ピットは、通りの反対側、東に面したベランダと、西に面したベランダの双方に見張りを立てた。カーテンなんかとうになくなっていたので、カーテンの影に隠れて見張るというわけにもいかなかった。

冷たい床に這いつくばり、向かいのビルから見えないよう細心の注意も払った。コンクリと同じ灰色の薄い毛布を頭から被ってカムフラージュした。

ザックに入れてロープを渡したハルは、ビルの一階に繋いだ。この辺りでも門番代わりに犬を飼う人間はいるようで、犬の鳴き声くらいは珍しくもなかった。それに、長い災難生活で学んだのか、ハルは賢い犬だった。怪しい人間が近づいても、むやみに吠えはしない。低い唸り声を上げるだけだ。吠えるべき時と、静かにしておくべき時を弁えていた。むしろ、いざという時に泣き喚いて要らない注意を引くという点ではマリーの方がお荷物だった。

皆、最初の交戦が収まった一時間後には、もう睡魔に負けて眠りに落ちていた。地上は、ギャング団に占拠されていた。だが、彼らが完全に制圧したわけじゃなく、散発的に戦闘は続いていた。

やがて、その音に耳を傾けていたボギーが、「こいつは陣取り合戦だな……」と分析した。

「もうサンクチュアリの連中は白旗を掲げたあとだろう。今聞こえているのは、この土地の周辺にいたギャング集団が、取り分を巡って闘っているところだな。しばらくは安全だろう。最後には、ビルを一つ一つローラー作戦で潰すしかなくなるだろうが」

「どこでも良いから、圧倒的な火力で一気に制圧して欲しいな。そうすれば、奴らもビルを捜索して敵方の狙撃兵を捜そうなんて思わずに済む」

「ああ、ぜひそう願いたい。で、どうする？」

ボギーは、疲労のせいか、そこから先は頭が回らない様子だった。

「どこのギャングがここを制圧するにしても、夕方には決着が付くだろう。夜はまだ、どこをどう守るとかの陣地の配置は手薄なはずだ。その隙を突いて北へ抜けよう。もし一二人で行動するのが目立つようなら、三人か四人くらいで別れても良い。その程度の人数のクーリエが夜中に境界を跨ぐのは不思議じゃないからな」

「分厚い毛布が欲しいよな……」

室温は華氏五〇度前後。これでも人が多いので暖まった方だ。毛布と言っても、彼らが持参しているのは、パラシュートの生地を裂いて縫い合わせただけのものだ。軽くて薄い割には保温効果もそこそこあったが、快適と呼ぶにはほど遠い。だが、その程度の代物でないと、とてもザックに入れて持ち運ぶわけにはいかなかった。

「カートさ、中に何を置いて来たっけ?」ピットが訊いた。

「薪だろう? それが一番痛い。食糧は小分けしたあとだったし、水が入ったガロンタンク、これも痛かったな。あとは、本当にガラクタだけのような気がするけどさ……。でも、俺たち、結構ラッキーかも。どう考えても、ブロンクスを出た時より物資が増えている。食糧も水もだ。減ったのは銃弾と靴底だけ。ここに立て籠もることになっても食糧を節約すれば一週間はオーケーだぞ」

「夜まではまだだいぶある。俺、ちょっと横になって良いかな。危ない真似をしたせいでどうも熱っぽいんだ」

「ああ。カールを起こすよ。ゆっくり寝てくれ。寒いけどさ」

「済まないな。途中で誰かと交代してくれ」

一枚のテントの下に六人が身体を寄せ合って寝ていた。それほど寒かった。スズキ先生がいた頃は、先生の暖かい身体を巡って夜は奪い合いをしたものだ。

今はそれも出来ない。春の足音は聞こえていたが、まだ姿は見えなかった。

ピットは、ちょっと張り切りすぎだろうかと思った。ブロンクスを出てから神経が休まる暇もなかった。いつもびくびく外の気配に怯え、周囲の気配に全神経を集中していた。日に何度も、あと一歩でアウトという目に遭った。

この幸運が、いつまでも続いてくれるとはとうてい思えなかった。

四機編隊を率いるサザーランド中佐は、デンバー上空を出たり入ったりを繰り返していた。作戦空域に着いて一時間は、コロラド州に入らずに警戒した。それからいったん後退して空中給油を受け、コロラド・スプリングスの北に位置するデンバー上空へと進出し、高度一〇〇〇〇フィート前後でゆっくりと周回した。

敵に対する挑発だった。だが、なかなか敵の空軍部隊は現れなかった。米軍は、国家偵察局も事実上機能を停止している。そのせいで、どんな機体がどこに配備されているかはスパイ頼みだった。あちらのスパイはこちらにうじゃうじゃいたが、こちらのスパイは数も能力も限られていた。

燃料は、まだ三時間は上空に留まるだけあった。デンバーの住民はＷＡＡの物資支援を心待ちにしている。きっと誰かが通報し、そろそろ敵が現れても良い頃だった。すでに一時間、地上に煩いエンジン音を轟かせている。もし、われわれを無視すれば、ＷＡＡが舐められていると住民は考えるだろう。だから、敵は出てこざるを得ないという判断だった。

ＡＷＡＣＳからの無線に耳をそばだてた。ＤＳＰ衛星のデータをどこで受け取っているかは聞かされていなかったが、それが地球の裏側でないことを祈るのみだ。データがバッファされ、オーストラリア上空でダウンロードされる頃には、Ｆ‐22は、北米大陸を横断している。

「こちらペリカンより、アルバトロス・リーダー。

敵機（ボギー）を発見した」

ＡＷＡＣＳに乗るキャノン少将からだった。

「二機の目標が向かっている。マッハ速にして一・八。発見時からすでに一分余りが経過した」

ということは四〇キロ近くももう移動したということだ。そんな距離を移動されては、あっという間にミサイルの射程圏外に出られてしまう。

レーダーには反応がない。

サザーランド中佐は、出撃前に示し合わせたように、レーダーのスイッチを切るようハンド・シグナルで編隊に命じた。敵はレーダー以外にも優れた赤外線センサーを持っている。だがその条件はこちらとて同じだった。

晴れた空の上空を見上げる。超音速巡航を行うには、それに適した高高度を飛ばねばならない。それが唯一の弱点だ。上から下を見下ろすのは難儀だが、下から上を見上げるのは容易だ。微（かす）かに飛行機雲が見えた。中佐は、それを指さす。

速い！　まるで流れ星かと思うほどに速い。昔、コンコルドをこっそりとチェイスしたことがあったが、あんな感じだ。とても追いつけない。まともに戦えそうには思えなかった。

「なんて速さだ……。化け物か、こいつらは……」

悪寒が背筋を走った。

レーダー警報が鳴る。中佐は一言「ブレイク！」とコールすると、ロールを打って一気に高度を落とした。地表付近に降りて、地上のグラウンド・クラッターに紛れ込むしかない。逃げ回り、回避し、攻撃のチャンスを窺（うかが）うのだ。

一気に二〇〇〇フィート高度を落とした。敵のＡＭＲＡＭが発射される。中佐はさらに高度を落とし、ビルの陰に潜（もぐ）り込もうとした。敵は、戦闘機としてのアビオニクスは優れているが、使っているミサイルの性能は知り尽くしている。その限界も。

速度を落とす。真正面上空三〇度から突っ込んで来た二発のミサイルは、地表のビルに突っ込んで爆発した。

反撃しようと、敵機を探す。もうこちらの背後に回り込んでいた。ミサイル攻撃は囮だったのだ。こちらに追尾する暇を与えまいとする戦術だ。

アフターバーナーを焚いて旋回した。旋回が終わると、大通りの真上、一〇〇フィートを道路沿いに飛んだ。数本離れた路上で、派手な爆発が起こった。僚機にミサイルが命中したのだ。

中佐は、チャフを発射しながら、真上を通過するF-22を見た。上昇して追いかけながらASRAAM短距離ミサイルを放つ。敵機はすぐフレアを放って切り返した。

だが、敵機はひとつ過ちを犯した。サザーランド機と同じ方角へブレイクしようとしていた。

サザーランドは、マウザー二七ミリ機関砲の引き金をほんの一瞬だけ引いた。曳光弾が向かう中へ、どんぴしゃりと敵機が面積の広い背中を見せながら飛び込んできた。激しい火花が散り、空中爆発を起こした。パイロットが脱出する余裕はなかった。

その時と同じくして、コロラド・スプリングス上空でも大規模な空中戦が起こっていた。双方共に、F/A-18E/Fホーネット戦闘機を繰り出しての空中戦だった。

サイレント・コアの土門は、装甲車を降りて地上からその熾烈な空中戦を眺めていた。シャイアン・マウンテンの空を舞台に、まるで画家が筆を走らせたみたいに飛行機雲が縦横に走ってゆく。

「タペストリーみたいだ……」と誰かが呟いた。

機体が爆発し、パラシュートの花がいくつも開き、ミサイルの軌跡が交差する。その間隙を縫って、爆弾を抱いたカリフォルニア軍団のホーネットが突っ込み、崩落した山肌へ五〇〇ポンド爆弾を次々と投じる。

　実際の戦闘はほんの一〇分で終わったが、エンジン音が遠ざかった時には、双方、十数機が撃墜されていた。

　勝敗は、明らかだった。カリフォルニア軍団の地上部隊は、全く無傷だった。ただの一発の爆弾もミサイルも命中することはなかった。海上を発した攻撃部隊は遥か手前で阻止されていた。

　兵力不足だった。制空権を維持しつつ、地上を掃討するには、明らかに兵力不足だった。この倍は必要だろうと土門は思った。

　NORADの防衛本部では、スコット国防長官が、「わかってないなぁ……」と漏らした。

「一隻の空母から、たかだか三〇機に満たない機数を繰り出して、いったい何が出来るというんだ。敵の戦闘機を数機叩き落とすだけじゃないか。ホワイトハウスはこれが総力戦だということがわかっていない。やはりここが空軍の基地だからか。それで海軍は全面的な援護をくれないのかな」

　ここには、確かに海軍の佐官クラスはいなかった。

「クリッハム中佐、英国空軍の健闘に謝意を申し上げる。ラプター一機の撃墜は素晴らしい。士気を上げるだろう。三機の損失は痛かったが、あのステルス戦闘機を相手にしたにしては上出来だ」

「ありがとうございます、長官。損失分は直ちに補充されるようロンドンに要請を出しました」

　自軍が犠牲を出したというのに、クリッハム中佐は徹底して事務口調だった。

新たなＵＡＶがサービス・トンネルの入り口を発進離陸し、通称ノーラッド・ロードを封鎖している崩落箇所へと向かった。

山の形が見事に変わっていた。おそらくは一〇〇トン以上の爆弾が投じられたはずだ。こちらから見えていた所に結果的に土塁の壁が出来ていた。爆弾を利用した見事な工兵作業だ。工兵隊は、その壁を盾にして道を作れば良い。

「まあしかし、これで六時間近くは足止めしたな。無駄ではなかったと思いたい」

あそこを突破されたら、わずかな数の戦車部隊が頼りだ。カリフォルニア軍団は、その一〇倍規模の戦車でやってきた。勝ち目はないが、ただでは通さない覚悟だった。

ドイツ陸軍の戦車部隊がクイーンズボロ橋を渡ってマンハッタンに入った頃、ＦＡＶチームは三個小隊からなる歩兵部隊の装甲車と合流し、レキシントン街のロシア正教会脇を通るところだった。

戦車部隊に随伴している歩兵は、ごくわずかだった。戦車部隊は、タイムズ・スクエアに突入し、エンパイアステート・ビルを右手に見ながら地響きを立てて疾走した。後続のＦＡＶチームとの距離は、およそ五キロほどあった。

状況は、明白だった。ここは、戦車で突っ込むべき場所ではなかった。すぐ隣のビル影からライフルやカービンで撃ってくる。そんな至近距離では、戦車砲は全くの役立たずだった。ただの虚仮威しにしかならない。

随伴するマルダー装甲車も、住民を威嚇するのが精いっぱいだった。

歩兵部隊の指揮を執るウイルヘルム・ヴィストリッヒ少佐は、飛び交う無線を聞きながら、「こいつはまずいな……」と漏らした。

ヴィストリッヒ少佐は、ＦＡＶチームのすし詰めのキャビンにいた。車間距離を取り、通りを跨いで面を制圧するよう命じたが、兵士は実弾の攻撃に怯えきっていた。

無線を通じてすら、装甲を叩く銃弾の音が聞こえてくるのだ。

「こういう時は、散開するしかないのに……」

「なぜ反撃しないんだ？」

マンキューソ捜査官が訊いた。

「これからの戦闘に備えて弾を節約しているんです」

「目的地に到着しなければ、意味はないぞ」

「ラガーディア空港からの補給線を維持できなければ、手持ちの弾薬で闘うしかないでしょう。弾の節約は優先事項です。とにかく急ぎましょう。今、必要なのは、戦車ではなく、われわれ歩兵だ」

チェルシーへ突っ込んだのは、戦車部隊もＦＡＶチームもほぼ同時だった。

戦車部隊を率いるステファン・ユンカー少佐が、グラマシーのマジソン・スクウェア・パークで部隊を止め、外で待っていた。ＭＰ５を抱きかかえ、姿勢を低くしながら、ＦＡＶの装甲車の背後に現れた。

扉を開けて、ヴィストリッヒ少佐が飛び降りた。

「皆さん、防弾チョッキを着て、銃を持って下さい！」

「ステファン！　こいつはあまり良い状況じゃないぞ」

「目標は、ここから西へ三〇〇メートル、六番街の辺りだ。そのエリアが一番銃撃戦が激しいという報告だ。偵察ヘリの情報ではな」

ヴィストリッヒ少佐が「地図をくれ！」と怒鳴った。エリカ・ローランサン中佐がガイドブックを開いて投げる。

「ええと……。じゃあこうしよう、戦車を核にして、アベニュービル、北はガーシュイン・ホテル、西はこのFIテクノロジービル。マクバーニーYMCAホテル。この四箇所をまず固めよう。それが完了してから、中の掃討作戦だ。たぶん、このエリアをコントロールしたサンクチュアリのボランティアの手が借りられるはずだ」

戦車は八両。それに二両のマルダー装甲車で、それぞれ四箇所の交差点を固めた。隣の戦車までは、三〇〇メートルから四〇〇メートル。この距離が大事だった。アサルト・ライフルにとって、最も良好な射撃距離だ。それ以上離れると狙撃手の腕を必要としたし、それ以下なら、ギャングどもの銃で間に合う。

残りの戦車四両に、下車した歩兵が続き、そのエリアを威嚇、掃討を開始した。

マンキューソ捜査官が、ラウド・スピーカーで周囲の避難民やギャングに警告を発した。

「ギャングどもは、武装解除して、もといた場所へ戻す。従わないものは問答無用に射殺する。武器を持ってここから出ることは許さない。外へ出たい者は、マクバーニーYMCA・ホテルへ出頭し、身体検査を受けよ。従わない者は全員逮捕する」

だが、効果はなかった。皆、ビルの中に隠れて立て籠もってしまった。そこここで、中に隠れていた避難民らとの銃撃戦が続いていた。ビルの中から、あちこちで銃声が響き、負けたギャングが飛び出してくる。装甲車の前へと飛び出し、轢かれる者まで出てきた。

マンキューソは、見るに見かねて、ギャングが押し入ってきた家は、階上から合図するよう要請した。自分たちが叩き出すからと。

そうやって、ギャング狩りが始まった。

熟睡していたエンジェルズのメンバーも、さすがに戦車の地響きでは起きるしかなかった。その砲撃音たるや、窓という窓をぶち破りそうなほど凄まじかった。

女の子たちは、上の階でバリケードを作り、男子たちは、武装して下へと降りた。

共同玄関の扉に鍵をかけたかったが、そんなものはもう壊されたあとだった。せめて、上の階に上ってこないことを祈るのみだった。

最初にドアが開いた時、空気の変化を感じ取って、ハルがクーンと呻いた。皆、引き金を引く準備をして備えた。しばらくは、ギャングは下に留まったまま外の様子を窺っていた。

だが、長期戦になると思ったのか、外階段を上って来る。

ピットは、ボギーと囁いた。

「隠れるか？……」

「いや無理だ。奴ら一晩だって居座るぞ。ウォーキートーキーでも持っていたら連絡されるかもしれない。やるしかない」

ピットは、ケンイチからマカロフ・ピストルを受け取り、両手で構えた。ケリーがそれを援護するよう、階段の死角で銃を構えた。

男が、階段の踊り場を曲がった瞬間、目と目が合った。黒人の若い男性だった。右手に握られた銃がゆっくりと上がる。

きょとんとした眼差しで「お前らが⁉……」とマスクの下で呻くのがわかった。

その瞬間、ピットは男の胸板目がけて引き金を引いた。大きな発射音、男がもんどり打って背後へと倒れ込む。その後ろから上ってきたのは白人の男だった。

ピットは、ワー⁉　と喚きながら、続けて二発発射した。一発は外れたが、一発は、男の右目の眼窩を抉り、後頭部から脳みそを飛び散らせながら抜けた。二人の男は、そのまま階段を転げ落ちていった。

どっと冷や汗が吹き出てくる。まだ安心は出来ない。誰かが物音を聞きつけてやってくるかもしれなかった。

ボギーが階段を駆け下り、男たちの服をまさぐった。銃はもちろん真っ先に取り上げた。ピストルだけでなく、マシンガンも持っていた。煙草にライター、ラジオに無線機。とりわけ無線機は貴重だった。たぶん、班長クラスだろうと、ボギーは見当を付けた。

他にも、チョコレートを持っていた。全てを階段の上の仲間に放り投げる。無線機だけは、落としてはまずいので、自分で運んだ。

「大丈夫か？　ピット」

「ああ……。大丈夫と言えば、大丈夫だ……」

「気にするな。これは完全な正当防衛だ。ここに警官がいたって、その場で釈放だ。俺たちは、この町を住みやすくしたのさ」

五メートルも離れていない至近距離で、二人もの人間を撃ち殺すのは、あまり良い気分じゃなかった。また熱っぽくなった。

微かに西陽が射している。もう夕暮れが近づいていた。このブロックは、かなりの広範囲にわたって軍隊に包囲されたようだ。目的が自分たちにあるのは言うまでもない。どうやって脱出するのかことだった。

ボギーが、倒れた男たちの血が流れる様子を見守っていた。幸い、外へは出ず、そのまま地下へと流れていく。相当な量だった。

だが戦車がすぐ隣の通りを走り去る時には、正直震えた。凄まじい震動だった。ケンイチが、「まるで地震みたいだ……」と怯えた顔で漏らした。

奪った二丁のサブマシンガンは、ＳＦテレビドラマとかで出てくるベルギー製のＰ90、ブルパップ方式のサブマシンガンだった。この大きさなら、女の子でも撃てる。

しばらくすると、ボギーは、死体を再度チェックし、靴や靴下、孔が開き、血にまみれたオーバーコートを脱がせた。自分たちが着られないものは物々交換の商品になる。何も無駄にするものはなかった。やがて死体は、パンツ一枚に剝かれ、冷たくなる前に、地下室へと移された。

階段に流れた血はどうしようもない。洗い流すほどの余分な水などなかった。

全ての銃声が収まるまで、三〇分ほどを要した。

だがそれでも、投降するギャングはほとんどいなかった。避難民との争いに敗れて路上に逃げ出したほんの十数名だけだった。一度、一人が両手を掲げて装甲車の前へ出てきたら、背後から狙撃されて死んだ。裏切り者は許さないという掟だった。

ＦＡＶチームは、二三番通りに面した境界に前線本部を設けた。通り一本南へ下ると、そこはもうアリゲーター教団の支配エリアだ。

「ギャングが投降しないのはなぜだろうな」

草鹿はマンキューソに訊いた。

「夜になれば、応援が来るということだろう。たぶんマンハッタン中から、駆け付けると思うね。われわれはそうむやみやたらと戦車砲は撃てないからな。できればそれまでに、エンジェルズを見つけてここを引き払いたいな」

「そのことに関しては、チェルシー防衛協議会と話を付ける必要があるでしょう」

離れた場所で床に広げた地図を部下と睨(にら)んでいたヴィストリッヒ少佐が口を挟んだ。教会の壁は穴だらけで、頭上のステンドグラスも一枚とて無事なものはない。椅子もなく、十字架さえ、薪となったあとらしく、天井が残っているだけの建物に過ぎなかった。

「彼らが、ここの治安を維持できるのであれば、われわれは、ここに留まり、支援する用意が出来ている。もともと、セントラルパークの南に支援ラインを下げる予定でしたから」

「そうは言っても、ギャングの兵力は凄まじいぞ。さっき一人捕まえた奴を尋問したが、ラリっていた。喰うものもないのに麻薬はある。薬が回っている間の人間は、平気で戦車に突っ込んでくるぞ。一筋縄じゃいかん」

「ええ。でもせっかくここまで来たんだ。ここで引き返したら、また何を言われるかわかったものじゃない。ドイツ野郎は撤退してばかりだと」

「ま、その辺りは考えよう。それで、ひょっとしたら、エンジェルズは、ギャングの手に落ちて、今頃、どこかのビルで怯えているかもしれないわけだが、どうやって探す？」

「スピーカーで呼びかける？」とローランサン中佐。

「わざわざ、われわれが必死になって子どもたちを探していることを世間に宣伝するようなものだ」

「いや、方法はある」

　草鹿が自信ありげに言った。

「あの中の日本人の少年、ケンイチは、日本語が読み書きできる。日本の祖父宅に問い合わせたが、日本語会話に不自由はないそうだ。ここは韓国人街が近いから、韓国語はまずいが、日本語なら、わかるのは、私とケンイチ君の二人だけだ。私がラウド・スピーカーで話しかけよう。出てくるとは思えないが、少なくとも励ますことは出来る」

草鹿は、装甲車に乗り込み、上部ハッチを開け、マイクを握った。マルダーはゆっくりと動き始める。狙撃に備えて、兵士ら四人がハッチの上に乗り、また後部にも立っていた。

通りに入ると、草鹿はゆっくりと語りかけた。

「ソノダ・ケンイチ君！　聞こえているか？　ケンイチ君。私は、自衛隊の医官だ。医者だ。君より小さな子どもを日本に残して来た。もし聞こえているなら、そして自由だったら、ぜひ合図を送って欲しい。狙撃されるから、決して外に出てはいけない。もしギャングに拘束されているなら、頑張るんだ。必ず助ける。私たちは、君たちに危害は加えない。ただ助けたいだけだ。同胞として、君たちに怖い思いはさせないと約束する。だからどうか、私たちを信じて、合図をくれ。間もなく夜になる。ギャングは、また攻勢に出るだろう。われわれは必ず持ち堪えるが、この状況では、君たちの安全を約束できない。どうか聞いてくれ、ケンイチ君。私は、君の助けになりたい。それが出来ると信じている……」

ケンイチは、その日本語にじっと聞き入った。今にも飛び出したい気持ちになった。あそこに行けば、暖かい食事と、分厚い毛布と、きっと優しくしてくれる大人たちがいる。でもそうしたら、きっとジュリエットは、五分おきに注射を打たれ、脳に電極を入れられて人体実験されるのだ。それだけは、仲間として許せない。

ケンイチは、ちょっと涙ぐんで、鼻をかんだ。

「何て言っているんだ？　ケンイチ」

ケリーが聞いた。

「いや、わからない。中国語じゃないのか……」

皆の視線が突き刺さった。

ケンイチは深い溜息を漏らすと、「その……、出てこいってさ。俺たちに。それだけだよ」と話した。

ボギーは、傍らでウォーキートーキーのイヤホンを耳に突っ込み、マジックで壁にメモを取っていた。

ウォーキートーキーの中から聞こえるコードネームや固有名詞、電波の強弱や、通信内容を一心不乱に書き留めていた。そして言った。

「大丈夫だ。彼らの助けを借りなくても、俺たちはここを脱出できる。この無線機は宝物だ！」

ボギーは、にんまりと笑うと、今度は壁に地図を描き始めた。

ユーロファイター・タイフーンは、三機を失い、ホワイトマン空軍基地に帰投した。すでに、モスキートとランカスターが到着していた。

コクピットを降りると、早速整備兵が機首下に撃墜マークを描いた。しかし喜べる気分じゃなかった。失った一機は、自分の編隊の僚機だ。責任を感じこそすれ、喜べる気分じゃなかった。

防毒マスクを頭から被った人間が近づいてくる。女性だということはわかったが、左腕のBBCのパッチを見てやっと妹だとわかった。

「エミリー⁉　なんでこんな所にいる？」

「仕事です。無事でほっとしたわ」

「こっちの台詞だ。俺は軍人だが、お前がこんな所で疫病で死ぬことはない。二人とも還れなかったらどうするんだ？」

「お父さんはわかってくれるわ」

「親父はもういないだろう。母さんが一人残されることになる。呆れた……」

中佐は、それでなくとも今はそれどころじゃないのにという顔つきだった。マスクの痕が、くっきりと頰に残っている。ヘルメットを脱いだ頭は汗でびっしょりと濡れていた。

整備兵が差し出したミネラル・ウォーターを一気に飲み干す。

「戦況はどう?」

「そいつは取材か?」

「まあね」

「取材ならノーコメントだ。散々な一日だった。米軍は、ホワイトハウスは、手持ちの兵力の半分も出さなかった。逐次投入の典型だな。勝敗は着かなかったが、時の勢いはWAAにある」

「また出撃するの?」

「ああ、今夜中に、たぶんあいつの子守りをして飛ぶことになるだろう」

指さす先に、大型爆弾を胴体中心部に下げたランカスターがいた。やたらどでかい誘導爆弾を装備していた。その爆弾自体を見ても、普通の爆弾にしか見えないが、ランカスターの胴体に収まると、サイズが比較できる。

「この戦争は間違っているわ」

「エミリー、この半世紀、正しい戦争なんてのはあった試しがない。そんなくだらん価値観を持ち込むな。ジャーナリストの悪い癖だぞ。とにかく、疲れているんだ。パイロットを集めてブリーフィングもしなきゃならない。あとで話そう」

中佐は、そこでやっと整備兵が差し出した防毒マスクを被った。AWACSが最後に着陸してくる。しかし、静かになったわけではなかった。

敵襲に備えて、州空軍のF‐15戦闘機が上空を常時旋回していた。

エミリーは、ひとつのファミリーを救って大西洋を越えた昨日までは良い戦争だったが、今はがらりと様相が変わったことを感じた。不毛で意味のない殺し合いが、北米大陸で繰り広げられていた。

ＮＯＲＡＤがあるシャイアン・マウンテンは、花崗岩で出来ているせいで、緑は少ない。表土はほんのわずかで、所々ブッシュが茂っているだけ。遮蔽物となりそうなものはほとんどない。

だから、下から上ってくる兵隊の姿は丸見えだった。

フォース・リーコンを率いるノートン少佐は、ヒット・エンド・ランで敵を掃討した。

十分に引き付けてから、一斉射撃で制圧。反撃を喰らう前に素早く移動、そしてまた攻撃。その繰り返しだった。敵は、最初はパニックに陥ったが、次第に慣れてきた。スモーク・グレネードを多用し、また迫撃砲中隊を繰り出し、煙幕を張りながら山肌を上ってくる。

賢いやり方だった。だが、それで十分な時間を稼ぐことが出来た。今度は頂上部へ引き揚げ、迫撃砲弾の雨を降らせてやった。

彼のたった一個小隊で、数百名の歩兵を足止めし、痛い目に遭わせた。そして彼らが退くと、今度は戦車部隊の出番だった。

デジタル師団のＭ‐１タンクが、不意に稜線に姿を現し、山肌を主砲弾で抉っていく。カリフォルニア軍団が、プレデターにヘルファイア・ミサイルを搭載して飛ばしても、射程内に戦車を捕捉する前に、対空機関砲に撃墜された。

だが、歓迎できる状況ばかりではなかった。Ｍ‐１タンクを率いてきたエリック・メックリンガー中佐は、ひっきりなしに残弾の報告を部下に求め、弾薬の節約に努めるよう命じた。

敵の主力が弾を撃ち尽くしても、後続車と交代すれば良いが、こちらは、弾を撃ち尽くしたら、ただの高価な鉄の棺桶だ。

残念ながら、そうなる前に、弾薬補給や援軍が来てくれる目処は全くなかった。燃料は基地からもらえば良いが、弾薬は手持ちで済ませるしかなかった。搭載できる滑腔砲弾は四二発。すでに各車一〇発は撃っていた。

もし朝まで持ち堪えられれば、奇跡だなと中佐は思った。

Chapter 8

十二使徒

M-1部隊を指揮するA(アルファ)中隊のメックリンガー中佐は、基地の南側に開いたサービス・トンネルの外で、押し寄せる歩兵と闘っていた。車長用独立熱線映像装置(CITV)で覗(のぞ)き、砲手をオーバーライドして攻撃していた。弾は分単位でなくなり、さらに節約モードに入った瞬間、隣の小隊長車が撃破されて吹き飛んだ。凄(すさ)まじい熱風と爆風が真横から押し寄せる。丸焦げになるかと思ったくらいだ。だが、自分も戦車もまだ生きていた。

「バンデッド1から2へ――。戦況はどうだ?」

三度呼びかけてやっと返事があった。

「こちら……、バンデッド2。生きてます。まるで奇跡だ。そっちどうです?」

「俺は生きている。海兵隊がよく支えているよ。トンネルの上から援護射撃をくれる」

「ええ……。まあ、こっちも支援はもらっていますが。あと三〇分も持ったら西から太陽が昇りそうだ」

「まずそうな時はトンネルに引っ込め。無茶はするなよ」

「これが無茶でないと言うんなら、何が無茶なんですか!?」

最後の台詞は絶叫に近かった。

CITVのモニターの中から海兵隊のジャベリン対戦車ミサイルの弾体が飛翔(ひしょう)してくる。角度の関係で、真上から降ってくるように見えた。

たいした奴らだ。射程二〇〇〇メートルしかないミサイルで、敵戦車を引き付けては屠(ほふ)っている。撃った瞬間に、その発射ポイントは露呈し、戦車砲が叩き込まれる。ほんの数十メートル離れた所に照準ユニットを置いてミサイルを撃っているはずだ。数十メートルとはいえ、決して安全ではなかった。

　敵の反撃が止んだあとの山肌は、まるでグラウンドの芝生を剝がしたような状態だった。灌木が四散し、障害物となりそうな地形は破壊され、ネズミ一匹姿を隠す場所もない。


　海兵隊のフォース・リーコンを率いるブレッド・ノートン少佐は、砲撃の明かりを頼りに全員の装備をチェックした。全員が、胸に南部連合軍旗を縫い込んでいた。ヘルメットにも同じ模様がペイントされている。それがカリフォルニア軍団と、正規軍を識別するわずかの違いだ。

　爆弾が抉った半径一〇メートル、深さ三メートルほどの穴のボトムで、集まった一〇名の部下の顔を見た。全員、まだまだ精気に満ちていた。笑みもこぼれている。

「よし、みんな。われわれはカミカゼじゃない。勝敗はもうはっきりしている。だが時間を稼ぐんだ。そう易々とは殺られないとアッカーマンに教えてやらにゃならん。二人ひと組、最低三両は吹き飛ばせ。あとで会おう」

　全員が無言のまま二人ひと組で四方に散った。

微妙なところで、彼らの装備は、カリフォルニア軍団とは違った。銃は、M‐4ではなく、サイレンサー付きのMP5SD6だったし、水筒の類の余計な装備もなかった。唯一大きな装備と言えば、M‐1タンクのエンジンを吹き飛ばすためのC4爆弾をザックに入れていた。


　カリフォルニア軍団を率いるアッカーマン将軍も、爆弾が抉った窪地の中にいた。地面に置いた手書きの地図を広げて見下ろしながら、「ま、およそ予定通りだな」と満足げに漏らした。

　ひっきりなしに砲撃音が響く。音無は、その音をカウントしていた。一分間あたり、こちら側の戦車砲の砲撃音が四〇発、それに対して政府軍側は五発もない。戦況は明らかだった。じきにけりがつく。

「意見は？　中佐」

とアッカーマンが音無に振る。

「向こうは持って一時間でしょう。それで陥落する」

「不満そうだな？」

「兵力差があり過ぎる。勝って当たり前の戦いです。部下を誉められても、自分が満足できる戦争ではないでしょう。とはいえ、戦争は勝ってなんぼのものです」

「その通りだ――」

前線近くで大きな爆発音が轟（とどろ）いた。前線よりこちら側だった。

将軍と音無は穴の斜面を上って前方を凝視した。メイン・ゲートへと通じる一本道の途中に滞留していた戦車部隊が派手に燃えていた。次々と爆発を起こし、あっという間に六両もが炎に包まれた。

「おかしいな。残存する敵部隊からは死角になっているはずだが」

音無は、双眼鏡を使ってその隊列を観察した。

「殺られましたな。どれもエンジン部分を爆破されている。コマンドが肉弾攻撃を仕かけたみたいだ。なかなかやる。あの辺りの歩兵は手薄だから……」

喋（しゃべ）っているそばから、次々と車両が爆破されていく。

「人馬一体の原則を忘れるからこういうことになる。そうだな、中佐？」

「慢心という奴ですな」

将軍は部下を叱責し、車両部隊に警備を付けるよう命じた。空は静かだが地上は騒がしい。山の方を見上げると、まるで星々が煌めくように、発砲するマズル・フラッシュが煌めく。その間を流れ星のように曳光弾が飛び交っていた。その明かりが明滅するごとに、その下で兵士が死んでゆくのだった。

メックリンガー中佐は、残弾が五発になったところで、各車の残弾を申告させた。もう一戦やったら煙幕でも張って逃げ出すしかなかった。

「バンデッド2、戦況は？」

「海兵隊のフォース・リーコンがやってくれました。カーブを曲がった所で敵部隊が炎上し、道路を塞いだみたいです。しばらくは撃ってこないでしょう。少なくとも戦車はね。そちらは？」

「うん、こっちは一進一退だな。だがもう弾がない」

「こちらの弾を運ばせますか？」

「いや、それには及ばない」

その時、基地内から無線が届いた。

「中佐。スコットだ。戦車を連れて中へ入れ。その戦車の分厚い正面防御があれば、バンカーバスターが到着するまでトンネルを持ち堪えられるだろう。これは命令だ。これ以上そこに留まることは許さないぞ」

「了解しました。二両で後退し、敵への盾となります」

バンデッド2が陣取る東斜面の正面ゲートを巡っては、それまで熾烈な闘いが繰り広げられた。陸続と現れるM-1と凄まじい撃ち合いを演じ、一〇両もいた戦車は三両まで減らされた。ゲストハウスは燃え落ちた。今も戦車が燃えているせいで、その炎や煙がカムフラージュとなって、三両は長らく助かったのだった。派手な煙幕を張りつつ、バンデッド2もトンネル内に撤収した。

基地の外は、ゲリラ活動を続ける少数の海兵隊を除けば、今や完全にアッカーマン将軍の部隊が占領していた。

防衛本部のスコット長官は、正面の扉を閉じるよう命じた。核爆弾の直撃にも耐えられるように作られた数十トンの扉が油圧で閉まる。戦車砲を数発喰らった程度ではびくともしないはずだった。

戦闘は、サービス・トンネルを残すのみになった。ここに引き込めるだけ敵を引き込み、上空からクラスター爆弾と、バンカーバスターをお見舞いするのだ。これでこちらは、半永久的に地中に閉じ込められるが、一矢報いることが出来る。

この大きさのトンネルを爆破で潰すだけの火薬は、もう基地内には残っていなかった。

スコットは、「ランカスターへの目標指示を再確認しろ！」と怒鳴った。

サイレント・コア司馬小隊は、ルフトハンザのジャンボ機でラガーディア空港に着陸した。装甲車両は全て出払っていて、残るはトラックだけだった。しかも、一度突破したイースト・リバーの橋は、再びギャングの手に陥落したとの情報だった。

司馬は、空荷のままオタワへ向けて飛び立とうとしていた英国空軍のハーキュリーズJ輸送機を止めさせると、ちょっとコースを変えるよう要請した。

状況は相当に逼迫している様子で、空から入るしかなさそうだった。ハーキュリーズは空港を離陸すると、高度を抑えたままマンハッタンへと向かった。

草鹿は、レオパルド戦車の雄叫びに卒倒しそうになった。一発撃つたびに、周囲のビルの窓ガラスが飛散して頭上から降ってくる。敵の数が多すぎたせいで、主砲攻撃をせざるを得なかった。戦車砲は、周囲のビルを狙った。ビルの外壁のコンクリを吹き飛ばし、その破片でギャングを黙らせようという魂胆だった。

しばらくは巧くいったが、敵はすぐ学習した。戦車がいない通りに突っ込めば良いのだ。

たちまち、側道からギャングが現れるようになった。草鹿らは、自ら、MP5を持って応戦するしかなかった。

「リー大尉。君、銃はどう？」

「成績はいまいちでした。中佐殿はいかがですか？」

「書類上はな、毎年、規定の弾数は撃っていることになっている。私の前に出ないでくれ。うっかり誤射しそうだ。ローランサン中佐は、楽しんでいそうだね？」

「ええ、たまにはこういう刺激でもないとね」

装甲車部隊は、じりじりと北へ向けて後退し始めた。側道からギャングが突然現れるせいで、一瞬たりとも気が抜けない。

マンキューソ捜査官は、両サイドに目配りしながら、「ひとまずあの子らのビルに逃げ込みましょう」と怒鳴った。

突然、何かが彼らの目前に飛びだして来た。一瞬、野犬かと思った。だが違った。小さな女の子だった。

慌てて、リー大尉が走って抱き留めた。

「マリー⁉　マリーね⁉」

「大変なの！　お兄ちゃんとお姉ちゃんが死んじゃう！　早く助けて」

リー大尉は、慌てて物陰に隠れた。今や完全に囲まれていた。おそらくは数千のギャングに囲まれている。脱出はまず絶望的だった。

モーガン少佐はモスキートの操縦桿を操りながら、暗闇で鼻歌を歌っていた。爆撃手は、スチュワート中佐だ。

ホワイトマン基地経由で、爆撃目標の最終確認が届く。目標は出撃時五箇所の候補があったが、接近する内に二箇所に減り、それが今、一箇所に絞りこまれたのだった。

「デビッド、ターゲットは、ベータワン。ベータワン。もう一度、位置を確認してくれ」

「わかっている。基地の南西斜面だ。そこに敵の防空ユニットが展開している」

「どうやって探す？」

「そんなもんは中佐、昔から方法はひとつしかない。撃ってきたら、そこが敵の居場所だ！　よろしく頼んますよ」

「この機体は持って帰らなきゃまずいぞ」

「もちろん。こんな所で死ぬなんて真っ平だ」

地形に沿って飛んでいるせいで、酷く揺れた。照準器を覗き込むと、どうやらもうコロラド・スプリングスの町中のようだった。後方三〇〇〇メートルにランカスターが続いている。まるで喘ぐような飛び方だった。この状態でエンジンが一基でもいかれたら即墜落だ。

やがてすぐ山岳地帯に入り、モスキートは高度を上げ下げし始めた。何しろレーダーに映らないのが強みだ。敵にとって、映った時にはもう手遅れなのだった。

「次の稜線を越えたら、その南西斜面が見えてくる。二発ともワントライで行きますよ」

彼らは、無誘導のＣＢＵ‐59Ｂ集束爆弾を搭載していた。

「ほーら来た！」

真下から、対空砲火が始まった。だが狙って撃っている感じではなかった。

スチュワート中佐は、高度を取って上昇するモスキートから、二発のクラスター爆弾を投下した。それぞれ、二四〇発もの対装甲用子爆弾を装備していた。真下で数百の子爆弾が花開き、真昼のような明るさになる。

モーガン少佐は、その地表の爆風を感じながら「ヒューッ！」と叫ぶと、パワーを全開にしてブレイクに移った。スチュワート中佐は、背後を振り返る。彼らに続くランカスター爆撃機が、後方やや上空に占位して目標に襲いかかろうとしていた。


メックリンガー中佐は、サービス・トンネルから三〇〇メートル下がった場所で、車長用ハッチから身を乗り出し、「走れ！　走れ！」と怒鳴った。護衛に付いていた海兵隊の歩兵が、トンネルを一直線に走ってくる。姿はなかなか見えないが、軍靴の音が響いていた。ヒュン！　ヒュン！　と弾が首の横を掠めていく。

「後ろ！　煙幕弾は残っていないか⁉」

「ありません！」

すでに煙幕弾も、欺瞞用の煙幕も使い果たしたあとだった。

「海兵隊！　誰か煙幕弾を持っていたら前方へ投げろ！　狙い打ちされるぞ」

明かりの落ちた暗闇のトンネルの中で、マズル・フラッシュだけは不気味に煌めいていた。誰かが煙幕手榴弾を前方へと投げる。白煙が暗視ゴーグルの視界を覆い尽くす寸前、走っていた兵隊の一人が突然前のめりになって倒れた。

メックリンガーは、戦車を飛び降りると、地面に腹這いになって匍匐前進した。頭上を弾が掠める。撃たれた兵隊のヘルメットにぶつかると、ボディアーマーの肩を摑んで、あとずさり始めた。誰かが、「戦車の後ろに隠れろ!」と怒鳴っている。

ついさっき、外で派手な爆発があった。あれがグランドスラムの露払いだとすると、もう爆弾はリリースされたあとかもしれないと思った。

このトンネル内は、パイプ効果で、凄まじい爆風が駆け抜けるはずだ。六〇トンの戦車ですらひっくり返らずに済むかどうか怪しかった。

中佐は、「キャビンに入れる者は、戦車の中へ逃げ込め!」と怒鳴りながら、キャタピラの陰を這い、エンジン・ルームの下で負傷兵の体に上から覆い被さった。

モスキートに続いて突っ込んできたランカスターが、一〇トンもの重さを持つグランドスラムⅡをリリースした。どでかい爆弾は、落下していく途中でほぼ地面に対して垂直になり、見事地中に潜った。先端部は、タングステン合金で出来ている。

充分に潜った所で大爆発を起こし、サービス・トンネルの前方一〇〇メートルを完全に押し潰した。一〇〇名を越える、カリフォルニア軍団の歩兵がその落盤した土砂の下敷きになった。

ステルスのモスキートが防空ユニットに目潰しを喰らわせて、そのあとに続いたランカスターが爆撃する。意外と現代でも通用する戦法かもしれないと、スチュワートは思った。

メックリンガー中佐は、四肢が引き裂かれるような衝撃を感じた。戦車が上から降ってくるのではないかとすら思った。六〇トンの戦車は、爆風に煽られ、一メートル近くも後方へと地面を滑った。その背後で爆風を耐え凌ごうとした兵士らは、いずれも一〇メートル以上は吹き飛ばされたが幸い、ロープで互いの身体を捕縛していたせいで、それ以上飛ばされることはなかった。

スコット長官は、システムを落として最後に画面が消えたモニターの電源を落とすよう命じた。

「さて諸君。われわれの戦いは終わった。これから毎日どう過ごすかのプログラムを作った方が良いな。この先の敵は〝退屈〟だ」

目の前のテーブルには、黒いアタッシェケースが置かれていた。蓋を開くと、一瞬核のボタンと見紛うような装置が組み込んである。赤いホットラインの受話器に、暗号化された通信システム。彼らはそれを「化石化装置」と呼んでいた。

ひとたびスイッチを起動したら、基地内のどこにいようが、アンテナが電波を拾い、十重二十重の通信システムを使って宇宙空間に浮かぶ二四基のGPS衛星に自殺命令を発する。自殺命令を受けた衛星は、直ちに燃料に点火し、大気圏へと真っ逆さまに突っ込んで燃え尽きるのだ。

ある意味において、核兵器のボタンより重要だった。ひとたびそのスイッチを押せば、軍隊だけではない、全世界の運輸システムは崩壊する。アッカーマンは、そのシステムがここにあることを知っている。そして脅威に感じていたに違いない。奴はこれ確保したかったに違いないが、そうさせるつもりはなかった。

東部の政府軍は崩壊状態だが、ヨーロッパでは独自のGPSシステムであるガリレオ計画が軌道に乗り始めている。つまり、ガリレオのシステムを使うNATO軍は、アメリカのGPSが死んでもたいした痛手は受けないが、カリフォルニア軍団は三〇年前の時代遅れで不精確な航法システムに頼らざるを得なくなるということだ。

「私が知る限り、退屈という敵はな、正直ベトコンより脅威だ……」

皆が上品な笑いを漏らすと、突然、「突破されたぞ！」と怒鳴り声がした。

「どこだ⁉」とスターライン将軍が怒鳴り返す。

「秘密トンネルのウエストBです！」

オーウェン大佐が「しまった⁉」と叫んだ。

「われわれだけで支えるしかない。長官はこちらに。銃を持てる方は、アーマー・ベストを着用して自分に続いて下さい」

スコットは、直ちにマッコイ少佐に命じた。

「私を背負え！　銃くらい撃てる」

「しかし——」

「こんな所でおめおめとアタッシェケースを守って死ねるか⁉　連れて行くんだ」

全く有無を言わさぬ口調だった。

「では、地獄までお供しましょう」

アタッシェケースをハメット大佐が持つ。トンネルを走り、階段を駆け下り、さらには梯子(はしご)を下って、その秘密の脱出路にたどり着くことが出来る。曲がりくねっているせいで、おそらく、防衛本部から半マイル近くはあった。

応戦する海兵隊の銃声がずっと聞こえていたが、やがて止んだ。と、先頭を走っていたハメット大佐が、突然もんどり打って倒れた。暗がりの向こうに敵が潜んでいたのだ。

「大丈夫か？　大佐」

「はい。ベストが守ってくれました！」

遮蔽物(しゃへいぶつ)が何もない状況で全員がその場に伏せた。そして銃撃戦になった。やむなく辺りに転がる海兵隊の死体を盾にした。勝てそうな感じはまるでない。

まず、マッコイ少佐が殺られた。頭を一発撃ち抜かれた。

スコットは、右手でもってＭ‐４カービン銃を摑むと、腹這いになったまま引き金を引いた。血液が床に溜まってぬるぬるする。

続いて、スターライト将軍が殺られた。

「長官、撤退しましょう！」

いつもは冷静な英国軍のクリッハム中佐が、アタッシェケースを持つと、背後から、スコットの腰のベルトに手をかけた。

「君らは外国人だ。あとで白旗を掲げれば良い」

「長官、せめて、闘いやすい場所へ撤退すべきです。ここを支えたからと言って意味はない！」

ドイツ軍のメッツェン中佐も説得した。

「言われてみればそうだ。すまんがベルトを引っ張ってくれ！」

クリッハム中佐がフルオートでぶっ放している間、メッツェンが長官を抱えてあとずさりしはじめた。

流れ弾がメッツェン中佐の右肘を撃ち抜いたが中佐はどうにか曲がり角のコーナーの陰まで、スコットを引っ張り出した。

残った全員が引き揚げてくる。

だがもう弾がなかった。あの状況下では誰も予備の弾倉を持ち出す余裕はなかった。ここから引き返すには、梯子を上らねばならない。スコットを抱えていては無理だ。

「みんなご苦労だった。私がここを支えている間に梯子を上れ。早く！」

誰も命令に従わなかった。少し後退し、絶命した海兵隊員の武器をまさぐった。予備の弾倉が三本に、手榴弾が一個。

　まずは手榴弾をお見舞いした。爆風が返ってきたが、これで一人か二人を倒せた。しかし、お返しの手榴弾も投げ込まれた。ハメット大佐がスコットに覆い被さって守った。大佐は血だらけになったが、致命傷はなさそうだった。

「いよいよ、これまでだな……」

　と思った瞬間、角を曲がった辺りで、うめき声が聞こえて来た。だが、銃声はなかった。ひとり、また一人と、ドサッ、ドサッと地面に倒されてゆくのがわかる。腹這いになるしかないスコットには、その震動がはっきりと伝わった。

　やがて、彼らの正面で、ブーツの踵（かかと）を鳴らす音がした。

「スコット国防長官殿！　自分は陸上自衛隊の土門少佐であります。フラナガン大統領、及びサカイ長官の命により、長官ご一行を救出に参りました！」

　メッツェン中佐が銃を構えたまま前へ出る。上の階の非常灯の明かりで、辛うじて顔を判別できた。

「日本人？　われわれを救出に？」

「はい。カリフォルニア軍団より閣下を守り、密かに脱出させよという命令を受けました」

「やっと来たか……」

　ハメット大佐が息も絶え絶えに呟（つぶや）いた。

「すみません、長官。大統領やサカイ長官と密かに通じ、いざとなっても長官だけは、脱出できるよう手はずを整えたつもりでした」

「申し訳ありません。われわれが駆け付ける前に、カリフォルニア軍団にトンネルが生きていることを悟られてしまいまして。今のうちに脱出しましょう。混乱しているこの状況下でしか脱出のチャンスはありません。このトンネルはすぐ爆破します」

　スコットは、負傷したハメットを見て考えを変えた。自分がここに留まれば、いたずらに犠牲者を増やすだけだ。

「わかった。まだ上に戦車兵らが残っている。彼らを先に脱出させてくれ。それと、負傷兵の手当を頼む。核関係は、私が操作できるシステムはすでに無効とした。何の心配も要らない」

「直ちに、手当をします」

「だが、一つ残ったこの荷物の処置はどうするかね？」

　スコットは、埃と血で汚れたアタッシェケースに顎をしゃくった。

「はあ……。今年の国防白書の草稿でも入っているんでしょうか？　あいにくと、閣下の私物をどうこうしろという命令までは受けておりません。ご自由にということで……」

「済まんな、恩に着るよ」


　土門は、唯一無事なクリッハム中佐に道案内を頼むと、戦車兵を拾いに上の階に上った。外の喧噪（けんそう）がまるで嘘のような、静かな地下基地だった。

　司馬小隊は、マンハッタンの包囲された通りのど真ん中にパラシュートで降下した。ビルの屋上に下りる者もいれば、路上に下りる者もいた。

　司馬は、草鹿と合流すると、銃を見て「慣れない物をお持ちですね？」と挨拶した。

「司馬さん。私らが無事なことが奇跡みたいだ。どうやって脱出するね？」

「今は、立て籠（こ）もることを考えましょう。敵の数が多すぎるわ。降下途中もバンバン撃たれましたから。捜し物は見つかりまして？」

「ああ、問題が起こったようだが、とにかく見つかった。だが、こういう状況なのでな、なかなか助けに行けない」

「地表はわれわれが支えます」

「装甲車に収容できれば、脱出は可能なんだ。ギャングは戦車を潰すような武器は持っていない。脱兎のごとく走ればなんとかなるだろう」

「了解しました。とにかく、子どもたちと合流しましょう」

　草鹿は、リー大尉を連れてビルの中に入った。コリー犬が二階に繋がれていたが吠えはしなかった。


　向いのビルに合図を送るためマグライトを点けた瞬間、皆は一瞬互いの顔を見合わせた。そして、永遠に時間が止まったかのように、呼吸が止まった。トレイシーは、ピットの顔を見た。ピットはトレイシーの顔を見た。お互いの顔中に、赤い斑点が出ていた。

　ビクトリアが卒倒した。自分たちは、ジュリエットのオーラに守られている。なのに、感染してしまったのだ！

　その時、正常な判断が出来たのは、一番小さいマリーただ一人だった。即ち、彼女は、本能に従い、感染源から一刻も早く遠ざかるという正しい行動に出た。そして、一階まで下りて、外に飛び出した。そこをリー大尉に保護されたのだ。

　ビルの中に長い沈黙が流れたあと、トレイシーが「うそ……」と呟いた。

「あたし死ぬのね……」

　ピットは、熱のせいでもう思考が十分に働かなくなっていた。

「みんな逃げろ、ここにいちゃ危険だ……」

　床に座り込みながら、そう漏らした。誰かが上って来る足音にも全く気づかず終いだった。

　草鹿は、茫然自失の状態の子どもたちを刺激しないよう、ライトを天井へと向けて様子を見た。発病者がいた。今は二人だが、全員が感染していると見て間違いなかった。

「みんなよく頑張った。誤解があるようだから、今のうちに言おう。われわれは、ジュリエットに秘密があるとは思っていない。君らが感染したらしいことが何よりの証明だ。秘密はもっと別のところにある。大丈夫だ。君たちの一人も死なせやしない。さあ、おじさんたちと一緒に病院に行こう」

ケンイチが歩み出た。

「おじさん、約束して下さい。ジュリエットには何もしないと」

「ケンイチ君だね。約束するとも」

草鹿は、ケンイチの額に右手を宛った。グローブ越しでも、発熱しているのがわかった。

「茅ヶ崎のおじいちゃんおばあちゃんと連絡が取れた。君が無事でいてくれたことをとても喜んでいるよ。一日も早く会いたいそうだ。君はもう一人じゃない。今日までよく頑張ったぞ」

ケンイチは、堪えていた気持ちが一気に堰を切り、声を上げて泣き出した。

ボギーは、その輪には加わらず、まだギャング団の無線を聞いていた。司馬が上がってくると、子どもたちには目もくれず、その壁の巨大地図に歩み寄った。よく出来ている。敵の配置が一目瞭然だった。

「誰が描いたの？」

「俺。他にやることなくてさ、ギャングも軍隊を出し抜いて逃げ出すつもりだったから」

「素晴らしいわ。センスがあるわね。でも軍隊なんか入っちゃ駄目よ。米軍は毎年どこかで戦争やるからバタバタと人が死ぬ」

「うんとね、今ここと、ここが手薄で、無線を聞いていた感じじゃ、軍隊はこのまま東へ逃走するだろうから、ギャングの手数を東へ集めろと命令しているみたい。俺なら、まず西へ突っ切って、ブロードウェイを突っ走り、セントラルパークの西側を北上するね。大回りになるけど、安全だし、ここの北西方向は、今がら空きだ」

「グッド・アイディアです。あなた、日本の勲章が欲しい？」

「いや、プレステのゲームにしてよ」

「良いわよ。ラスベガスから病院に届けさせるわ」

　みんなが荷物を持って階段を下りてゆく。入れ替わるように、ローランサン中佐が上がってくる。

　草鹿は、しばらくその場に佇んで、何が起こったのかを考えた。彼にとっては、ことは明白だった。教師が咳き込んでいた。それが秘密の鍵だ。

「いったいどうなっているの？　彼ら、感染しないんじゃなかったの？」

「やっと謎が解けたよ。半分だけだけどね……」

　草鹿は、さあ下りようと中佐を促した。

「スズキ先生が亡くなって、そろそろ五日から六日目だ。つまり彼らは、先生が死んだあと、潜伏期間を終えて発症しつつある」

　ローランサン中佐は、やっと気付いた様子で、

「ああ！」と呻いた。

「その通り。一二人の子どもたちを守ったのは、ジュリエットじゃない。一二使徒を守ったのは、スズキ先生のオーラさ。いや、教師の愛というべきかな」

　階下では、司馬が子どもたちを載せた装甲車の後ろのステップに乗り、出発を促した。ドイツ軍の負傷者も相当なものだった。サイレント・コアが、装甲車を守るように散開して周囲を固め、西へ走る道路に向けて一斉に走り始めた。

夜はまだまだ長い。マンハッタンは、これから深夜へかけてさらに冷え込もうとしていた。

中巻へつづく

ご感想・ご意見をお寄せください。

小説やイラストの投稿も受け付けております。

なお、投稿作品をお送りいただく際には、編集部
(tel:03-3563-3692、e-mail:cnovels@chuko.co.jp)

まで、事前に必ずご連絡ください。

〒104-8320
東京都中央区京橋2-8-7
中央公論新社
C★NOVELS編集部

中央公論新社ホームページ
http://www.chuko.co.jp

C★NOVELS

合衆国再興（がっしゅうこくさいこう）　上
——コロラド・スプリングス

2003年7月15日　初版印刷
2003年7月25日　初版発行

著　者　大石英司（おおいしえいじ）
発行者　中村　仁

本文印刷　三晃印刷
カバー印刷　大熊整美堂
製　　本　小泉製本

発行所　中央公論新社
〒104-8320　東京都中央区京橋2-8-7
電話　販売部03(3563)1431
　　　編集部03(3563)3692
振替　00120-5-104508
Printed in Japan
ISBN4-12-500807-8 C0293

オイル・ストーム
石油争覇 1
南海のテロリスト

大石英司

第三次オイルショック下、原油価格高騰で世界経済は大打撃。グアムでテロリストがホテルを武力占拠！　人質となった邦人救出のため、陸上自衛隊特殊部隊が秘密裡に送り込まれるが。

ISBN4-12-500686-5　本体857円　カバーイラスト　安田忠幸

オイル・ストーム
石油争覇 2
驟雨の奪還作戦

大石英司

グアム島の独立運動で、統率の取れたテロリスト軍団に苦戦を強いられる陸自特殊部隊。敵はプロの傭兵だった。占拠されたホテルにただ二人残った女兵士と若き新入隊員が反撃に出る！

ISBN4-12-500696-2　本体857円　カバーイラスト　安田忠幸

オイル・ストーム
石油争覇 3
誤解の海峡

大石英司

対馬海峡西で不審船が韓国の漁船と海上保安庁の巡視船を襲撃、自沈した。グアムから運び出された武器弾薬が「北」へ運び込まれることを恐れた行動では、と日本政府は懸念を募らせる。

ISBN4-12-500715-2　本体857円　カバーイラスト　安田忠幸

オイル・ストーム
石油争覇 4
鴨緑江を越えて

大石英司

中国領内の朝鮮移民が大量の武器を手に蜂起した。戦車を奪い民衆は平壌に迫る。その指揮中枢には最新の日本製電子機器が。韓国の糾弾を受け日本は事態収拾のため極秘任務を決断！

ISBN4-12-500724-1　本体857円　カバーイラスト　安田忠幸

石油争覇（オイル・ストーム）5
明日昇る朝陽

大石英司

北朝鮮の民族蜂起への関与を疑われた日本は事態収拾のため特殊部隊を派遣。だが部隊は民衆に囲まれ革命勢力への投降を余儀なくされた。迫り来る北朝鮮正規軍の砲火。部隊の運命は⁉

ISBN4-12-500741-1　本体857円　カバーイラスト　安田忠幸

合衆国封鎖　上

大石英司

致死率90％以上、死に至る新種のウイルスが米国で発見された。驚くべきことに、それは空気感染する恐怖の疫病だった。拡散を防ぐため、米国を飛び立った日本の旅客機に撃墜命令が‼

ISBN4-12-500752-7　本体857円　カバーイラスト　安田忠幸

合衆国封鎖　下

大石英司

死に至るウイルスはロシアの女科学者により撒布されたと判明。依然、治療薬はなく、菌は全土に広まった。交通は遮断、経済は崩壊、そして食料不足。日本は平和部隊を派遣するが……。

ISBN4-12-500756-X　本体857円　カバーイラスト　安田忠幸

合衆国消滅　上

大石英司

死病に汚染された米国では物流が途絶、ライフラインも断絶した。利己に走る人々はゲットーに籠もり、民兵を用心棒に援助物資を奪い合う。秩序を守るべき軍隊にも内部崩壊の危機が。

ISBN4-12-500776-4　本体857円　カバーイラスト　安田忠幸

合衆国消滅　下

大石英司

物資の枯渇した合衆国。都市部は軍隊と民兵組織が入り乱れる無法地帯と化した。米国政府から事態鎮圧を依頼された日本の平和部隊はラスベガスを拠点に食料補給路の整備を図るが……。

ISBN4-12-500777-2　本体857円　カバーイラスト　安田忠幸

アメリカ分断　上

大石英司

瓦解寸前の米国を襲う厳しい冬。欧州からの補給が絶えた東部に見切りをつけ、人々は過酷な大陸横断の旅に出た。見かねた英国の退役軍人たちが極秘裡に補給機を飛ばす計画をたてるが。

ISBN4-12-500790-X　本体900円　カバーイラスト　安田忠幸

アメリカ分断　下

大石英司

対米支援の機運盛り上がる英国に、米政権は密かに戦闘機と戦車部隊の派遣を要請。武装した東部に危機感を強めた西部諸州は、ついに新政府樹立を宣言する。分断された米帝国の行方は。

ISBN4-12-500791-8　本体900円　カバーイラスト　安田忠幸